내게는　홍시뿐이야

내게는 　홍
　　　　 시
　　　　 뿐
　　　　 이
　　　　 야

김설원 장편소설

창비

....
차
례

1

또와 아저씨 집에서 나온 지도 벌써 닷새가 지났다. 치킨을 먹다가 느닷없이 당한 그날의 날벼락도 어느새 흐릿해졌다. 그 사건이 일어난 뒤 내 처지가 이 모양 이 꼴이 되었는데…… 시간이 약이라던 엄마의 말이 이제야 비로소 실감난다. 그날은 9월 마지막 주 토요일이었고, 점심때쯤 문자메시지가 날아왔다. 뜻밖에도 또와 아저씨였다. 가족회의가 있으니 저녁 일곱시까지 들어오라는 내용이었다. 평소 각자 알아서 먹고 자는 분위기라 한집에 살아도 얼굴 보기가 힘들고, 말도 거의 섞지 않는데 갑자기 그런 문자를 받으니 어리둥절했다. 게다가 나는 '가족'이 아니다. 아저씨가 실수했나 싶어 '아저씨, 저, 아란이예요. 문자 잘못 보내신 듯 ㅋㅋ'라고 답장을 보냈다. 실수든 뭐든 나에게 말을 걸어줘서 고맙고, 이참에 좀 가까워지고 싶어 일부러 'ㅋㅋ'를 찍었다. 그랬더니 '잘못 보낸 거 아니다. 시간 맞춰 들어와'라는 답장이 재깍 날아왔다. 드디어 내가 인간 대접을 받는 것 같아 가슴이 부풀어올랐다.

사실 또와 아저씨네 가족이 나를 학대하거나 굶기지는 않았다. 밥과 잠자리만큼은 얼마든지 제공해줬으니까. 아무리 우리 엄마랑 굳게 약속했대도 실천하기는 쉽지 않다고 본다. 내 경험상 약속의 본성은 지켜지는 게 아니라 깨지는 거니까. 때문에 그들이 계산적인 호의를 베풀든 말든 개의치 않았고, 물과 기름처럼 겉도는 관계가 오히려 편했다. 어차피 나는 길바닥에 버려진 일회용 종이컵 같은 존재였기에 애초부터 동정이랄지 관심 따위는 바라지 않았다. 생각해보면 버려졌다는 건 새로워졌다는 뜻이기도 하다. 버림받았다는 말에는 어떻게든 다시 시작해야 한다는 의미가 내포되어 있으니까. 그날만큼은 막 포장지를 벗겨낸 투명한 유리컵이 된 기분으로 가족회의 시간을 기다렸다. 집으로 가는 길에 황금붕어빵을 삼천원어치나 샀다. 황금붕어빵을 하나씩 들고서 머리부터 먹는지 꼬리부터 먹는지 서로 쳐다보며 웃기도 하는 모습이 떠오르자 발걸음이 빨라졌다.

하지만 상황은 정반대였다. 내 머릿속에 그려진 가족회의의 모습은 웃고 먹고 떠드는 거였다. 치킨과 황금붕어빵을 나눠 먹으면서 서로의 안부 또는 건강을 챙기고, 앞으로도 화목하게 살자고 입을 모으는 화기애애한 자리. 하지만 핑크빛 상상은 무참히 깨졌다. 시작은 평화로웠다. 운동화를 얌전히 벗어놓고 들어서자 거실의 원목테이블에 치킨과 생맥주가 먹음직스럽게 놓여 있었다. 실로 오랜만에 보는 얼굴들이 나를 맞이했다. 약속시간보다 십분 일찍 왔는데도 내가 늦은 꼴이 됐다.

"너는 요즘 뭐하고 다니냐."

또와 아저씨의 목소리가 어째 시들시들했다. 건성으로

물어보는 안부려니 하고 나는 그냥 어색한 미소를 지어
보였다.

　"앞가림을 하려면 적어도 고등학교 졸업장은 있어야
한다."

　이 대목에서 또와 아저씨의 음성이 단단해졌다. 그의
아내가 무슨 상관이냐는 듯 슬쩍 눈을 흘겼다. 또와 아저
씨가 고등학교 운운하던 순간, 얼음장 같은 누군가의 손
이 내 얼굴을 꽉 만지는 기분이 들어 화들짝 놀랐다. 막다
른 골목에 쑤셔 박힌 내 처지를 군이 상기시켜주려고 나
까지 호출했나 싶은 생각이 마음을 어지럽혔다. 그런데
토요일 저녁 일곱시에 가게 문을 닫고 가족회의를 하다
니? 불현듯 가족회의가 수상쩍어 보였다. 엄마가 말하길,
또와 아저씨는 일년 내내 하루도 쉬지 않고 오밤중까지
장사한다고 했는데 함께 살아보니 과연 그랬다. 토요일
저녁 가족회의에 처음부터 물음표를 그렸어야 했다. 곰곰
생각해보니 엄마가 식탁에 닭곰탕을 내놓던 날도 이런 분
위기였다. 허구한 날 콩나물국이나 끓여놓고 나돌던 엄마

가 그날은 온종일 집에 머물면서 닭을 삶아 살을 발라내고, 육수를 만들고, 대파를 썰었다. 소복한 달걀찜과 시래기무침도 식탁에 올렸다. 모두 내가 좋아하는 음식이었다. 성찬은 다음 날도 그다음 날도 이어졌다. 며칠 동안 그렇게 배불리 먹여놓고서 한다는 말이…… 아, 떠올리기도 싫다.

국위선양에 기여하는 인물이 되라고 국위와 선양이라는 이름을 받게 된 남매가 치킨이 고소하다느니 바삭하다느니 하며 태평하게 떠들 때가 아닌 것 같았다. 부모라는 이들은 어떤 중대한 결심을 하면 자식한테 뭐든 양껏 먹이고 싶어한다. 또와 아저씨의 원목테이블에서도 그런 낌새가 솔솔 풍겼다. 겪어본 사람만이 느낄 수 있는 냄새다. 마침내 또와 아저씨가 맥주잔을 비우고는 비장한 표정으로 우리에게 무슨 종이를 나눠줬다. "일단 읽어봐"라고 말하면서 아버지이자 남편이자 아저씨인 남자가 지그시 눈을 감았다.

나는 제지회사에서 물러난 후 본의 아니게 자영업의 길로 들어섰다. 어쩔 수 없이 받아들인 퇴직이었다. 너희 엄마가 전업주부로만 살았다면 나는 절대 장사에 손대지 않았을 것이다. 그쪽으로는 문외한이니까. 너희 엄마를 탓하려는 건 아니다. 장사라도 하지 않았다면 그동안 뭘 해서 먹고살았겠냐. 너희 엄마는 월급쟁이 남편을 뒀으면서도 음식점 주방에서 설거지 아르바이트를 하며 돈을 벌었지. 서당개 삼년이면 풍월을 읊는다고, 거기서 오래 일한 덕분에 음식점의 면면을 알게 됐다. 우리는 시내 한복판에 아귀 전문점을 차렸고, 그때부터 앞만 보며 질주했다. 일년 내내 일만 하다보니까 여행은 고사하고 가족이 둘러앉아 밥 한끼 먹을 시간도 없었지. 솔직히 말하면 내가 그런 시간을 허락하지 않았다. 여기까지 달려오며 업종을 다섯번이나 바꿨는데 결국 빚만 남았다. 아파트는 은행에 담보로 잡혀서 곧 경매에 들어간다. 작년 여름에 도무지 버틸 수가 없어서 건물주한테 보증금 일부를 돌려받았다. 밀린 월세가 있으니 현재 남아 있는 보증금도 내 돈이 아니다. 일수, 사금융, 신용카드를 통해 얻어 쓴 돈도 적잖다. 이제 채권자들한테 시달릴 일만 남았다. 그 인간들은 돈을 받기 위해 수

단과 방법을 가리지 않을 것이다. 그러니 당분간 흩어져 살자. 지금으로선 이게 최선의 방법이다. 그동안 먹고살기 위해 죽을힘을 다했는데 집도 절도 없는 신세가 됐다. 허무하다만 아버지로서 죄의식은 없다. 나는 사년 동안 너희들의 대학 등록금을 댔고, 졸업한 후에도 계속 뒷바라지했다. 십년 가까이 요양원에 누워 있는 우리 아버지, 너희 엄마 심장병 수술, 선양이 치아 교정, 국위 어학연수비 등등을 대느라 빚이 불어난 것도 사실이다. 누굴 원망하는 마음에 펜을 든 건 아니다. 가장이라는 직책을 내려놓기 전에 변명 아닌 변명을 하고 싶었다. 나는 지쳤다. 이제는 숨 쉴 힘도 없다. 각자 어디로든 떠나라. 비록 너희들이 밥벌이를 못하고 있다만 미성년자가 아니니 얼마나 다행이냐.

A4 용지에 빼곡히 들어찬 글자들이 언젠가 TV에서 본 송사리 떼 같았다. 어떤 시인이 개울가의 송사리 떼를 보면서 들려준 이야기가 꿈틀꿈틀 되살아났다. 옛날에 삼형제가 살았다. 어느날 아버지가 죽어 자식들이 묻을 자리를 찾아 나섰다. 명당자리는 쉽게 찾아지지 않았다. 막내

가 지쳐서 앉아 쉬는데 가뭄으로 생긴 구덩이에 송사리들이 까맣게 우글거렸다. 집에 가지고 가서 먹으려다 측은한 마음이 들어 송사리들을 맑은 냇가에 풀어줬다. 그러고는 주변을 둘러보니 거기가 명당자리였다는 것이다. 누군가에게 들으니 그곳은 사람 천명을 구해야 보이는 땅이라고 했다. 구제의 대상을 단순히 '사람'으로 보면 명당자리는 영영 찾을 수 없다고, 송사리도 사람처럼 귀한 생명이라고 시인이 부연 설명을 했다. 그런데 나는 그 이야기를 들으며 뭐든 생각하기 나름이라는 말이 떠올랐다. 송사리를 사람이라고 생각하면 되는 것이다. 하긴, 시인의 말이나 내 말이나 그게 그거지만.

또와 아저씨는 사망진단서 같은 종이를 자식들과 나한테만 나눠줬다. 아주머니는 불행의 내막을 훤히 알고 있을 테니 읽어볼 필요가 없었겠지. 송사리들이 헤엄치고 있는 듯한 종이를 손에 쥔 채 나는 가슴을 졸였다. 웬일인지 송사리 삼형제와 국위선양 남매가 겹쳐지면서 '살아야 한다' '살려주자' '그래야 명당자리를 얻는다'는 말들이 무슨 주문처럼 윙윙거렸다.

"시험 공부하는 놈한테 갑자기 집을 나가라니, 나더러 죽으라는 거네."

"야, 이 나이에 소똥 치우러 가는 신세보다야 니 신세가 낫지 않겠냐? 그만큼 먹여주고 재워줬으면 됐지. 어디서 뻔뻔스럽게 주둥이를 나불대."

묵묵히 앉아 있던 또와 아저씨 부인이 국위 오빠를 향해 악을 썼다. 나도 모르게 어깨가 움츠러들었다.

"아, 진짜, 살인자가 따로 없네."

국위 오빠가 불량스럽게 내뱉고는 집을 뛰쳐나갔다. 열이 끓어오르는지 아주머니가 에어컨을 켰다. 거칠게 작동되는 소리가 난장판이 되어버린 가족회의의 배경음악으로 그럴싸했다. 한순간에 살인자로 전락한 또와 아저씨가 비틀거리며 안방으로 들어갔다. 선양 언니는 순한 동물처럼 다소곳이 앉아 있었다. 어디선가 고양이인지 아기인지 울음소리가 희미하게 들려왔다. 그건 어쩌면 또와 아저씨의 흐느낌일지도 몰랐다. 토요일의 잔혹한 밤이 깊어가고 있었다.

2

말이 가족회의이지, 그건 복종할 수밖에 없는 명령이었다. 나를 그 자리에 부른 건 가족으로 품어서가 아니라 빨리 나가라는 말을 하기 위해서였다. 입양된 집에서 갑자기 내쫓기는 기분이었다. 또와 아저씨네 망했다고, 나는 어디로 가느냐며 엄마에게 전화를 하고 문자도 보냈지만 아무런 연락이 없었다. 처음에는 엄마와 자주 연락이 닿았다. 기약 없이 떨어져 살아야 하는 상황이 그저 두렵기만 해서 시도 때도 없이 엄마를 찾았다. 그때만 해도 재깍 반응이 왔는데 언제부턴가 뜨문뜨문 목소리를 들려주더니 이제는 묵묵부답이다. 그 무렵 공교롭게도 자식이 부모를 때린 사건이 매스컴에 오르내렸는데 '오죽하면'이라는 단어가 머릿속에 새겨지면서 저절로 고개가 끄덕여졌다. 자기 딸을 남의 집에 맡겨놓고 연락을 끊어버린 엄마를 어디선가 우연히 만난다면 나도 모르게 손이 올라갈 것 같았다.

　열여덟살이라는 내 나이, 그 십팔년의 세월을 더듬어본다. 단조롭고 초라하다. 누가 우리 가족이고 남인지 구분할 수 있는 나이가 되어 주변을 살펴보니 엄마와 나뿐이었다. 아버지는 물론이고 형제자매나 그 흔한 할아버지, 할머니도 보이지 않았다. 엄마한테는 여동생이 한명 있었는데 왕래가 뜸했고, 어쩌다 통화하면 다투기 일쑤였다. 서로에게 있으나 마나 한 피붙이였다. 나는 태어날 때부터 유별나게 바들바들 떨었다고 한다. 물론 지금도 추위를 많이 탄다. 여름에도 찬물로 샤워를 못 할 정도다. 진단해보면, 칼로 싹싹 도려낸 듯한 단조로운 가족관계가 내 몸을 추위에 약한 체질로 만든 것 같다. 유년 시절의 서식환경이 이래서 중요하다. 우리는 몇개월 전까지 임대아파트에 살았다. 작고, 시끄럽고, 지저분하고, 락스 냄새가 풍기는 동네다. 인간은 자기가 살고 있는 집을 닮아가기 마련이라는 말을 어디선가 들은 적이 있는데 되새길수록 진리다. 비가 오면 천장에 얼룩이 지고, 수시로 정화조가 막히는 임대아파트에서 나는 초라하고 의지박약한 초등학생, 중학생, 고등학생으로 자랐다.

그건 엄마도 마찬가지였다. 천원짜리 한장 보태주는 사람이 없는 형편이라 엄마는 언제나 일터에 있었다. 겨울이면 이 집 저 집 김장을 도와주고 품삯으로 김치를 가져왔다. 그렇게 얻어먹으면 김장 비용이 들지 않으니까 김장 아르바이트는 겨울철의 짭짤한 수입이었다. 어느날 우리는 아침 밥상 앞에서 간밤의 꿈 이야기를 하다가 무엇이 되고 싶은지, 혹은 무엇이 되고 싶었는지 물어봤다. 지금까지 한번도 바뀌지 않은 엄마의 꿈은 전업주부였다. 아침에 눈을 뜨면 잇몸에 좋다는 치약으로 양치질을 하고, 아침밥을 짓고, 남편과 자식들이 일터로 학교로 가고 나면 그들이 돌아올 때까지 손과 발을 부지런히 움직이는 알뜰살뜰한 주부. 엄마는 수시로 먹구름이 끼는 세월을 보내면서 어떤 꿈이든 발아는 해도 개화할 수 없다는 사실을 깨달은 모양이었는데, 한편으론 미련을 버리지 못한 눈치였다. 어쩌면 엄마는 당신의 꿈을 이뤄주겠다는 누군가를 따라갔을지도 모른다. 인간은 나이를 먹을수록 어린아이가 된다고 하니까.

"또와 아저씨라고 알지?"

귀뚜라미 소리가 리드미컬하게 들리던 밤, 엄마가 대뜸 물었다. 그때 우리는 홍시를 먹고 있었다.

"그게 누군데?"

"거 왜, 우리 집에 말린 생선도 자주 가져다주고, 너 중학교 졸업식 때 운동화 사서 신으라고 돈도 줬잖아."

나는 아, 아, 하며 생각났다는 표정을 지어 보였다. 말린 생선은 모르겠고 운동화는 확실히 기억났다. 중학교 졸업식 때 어떤 남자한테 하얀 봉투를 받았는데 그 사람이 또와 아저씨였구나. 이제 고등학생이니까 새 운동화 사서 신으라며 내 어깨를 두드려줬다. 그 따스한 손길보다는 난생처음 받아본 돈 봉투가 머릿속에 또렷이 남아 있다.

"근데 그 아저씨를 왜 또와 아저씨라고 불러?"

"그 아저씨가 이런저런 장사를 많이 했는데 간판 이름이 죄다 또와야. 또와아귀찜, 또와막창구이, 또와해장국, 또와김밥……"

"또 오라고 또 와? 그래서 사람들이 또 왔나?"

"안 오니까 별의별 장사를 다 했겠지."

"또와 아저씨가 엄마 친구야?"

"친목계 하면서 알게 된 아저씨야. 얼마나 부지런한지 몰라. 그 부인하고도 친하고."

홍시가 참 달다, 달다, 하면서 엄마가 손가락까지 쭉쭉 빨아 먹었다. 과학도감의 목성이나 화성처럼 생긴 과일을 금세 먹어치운 엄마가 허리를 곧추세웠다.

"당분간 또와 아저씨 집에서 지내야겠어."

"우리가?"

"아니, 니가."

홍시를 먹다가 사레 걸린 사람은 아마 나밖에 없을 것이다. 물컹물컹한 덩어리를 삼키면서 터져나온 기침이 좀체 가라앉지 않았다. 숨을 쉬기가 어렵고, 얼굴은 홍시처

럼 시뻘게지고, 후끈 열도 올랐다. 엄마가 '뭘 그렇게 놀라
냐' 하는 표정으로 나를 빤히 쳐다봤다. 나는 욕실로 들어
가 손을 씻고서 마음을 진정시킨 후 다시 엄마 앞에 앉았
다. 뭐가 뭔지 모르겠는 상황이었지만 절대 밀리지 않을
생각이었다. 하얀 접시에 담겨 있는 홍시가 경기의 시작
과 종료를 알리는 커다란 부저처럼 보였다.

"그러니까 나더러 또와 아저씨 집에서 살라는 거야? 엄
마는?"

"나는 나대로 살고. 피치 못할 사정이 있어서 그래."

"그러니까 그 피치 못할 사정이 뭐길래 딸을 남의 집에
보내. 지금이 무슨 보릿고개 시절이라서 입을 덜려는 것
도 아니고."

"따지고 보면 그런 거지. 보릿고개를 지혜롭게 넘으려
는 작전."

이 판국에도 엄마는 홍시를 야금야금 먹으며 접시에 씨
를 톡톡 뱉었다. 그러고는 사건의 내막을 줄줄 쏟아냈다.

현재 살고 있는 임대아파트의 장기 임대 기간이 끝나서

이제 분양금 일부를 넣고 분양받으면 우리 집이 된다, 하지만 분양금 몇천만원을 납입할 여력이 없어 집을 비워줘야 한다, 원룸이라도 얻으려면 목돈이 필요하다, 그동안 번 돈을 어디에 썼느냐고 탓하겠지만 여자 혼자 아이를 키우는 게 만만치 않다, 내가 예전에 또와 아저씨 부부한테 돈을 좀 빌려줬는데 그 집이 노상 빚에 허덕여 여태 받지 못했다, 하여 니가 그 집에서 먹고 자는 숙식비를 빚에서 까기로 합의했다, 또와 아저씨 부부는 눈만 뜨면 가게로 나가고 자식들은 밖에서 시간을 보낸다니 크게 불편하지는 않을 것이다, 타지에서 하숙한다고 생각해라, 여기는 일자리가 없다, 내가 대도시로 가서 돈을 벌어올 테니 당분간 너는 너대로 나는 나대로 살자.

이날을 대비해서 미리 외워둔 것 같은 사연을 들려주면서도 엄마는 홍시를 입에 달고 있었다. 멍청하고 한심해 보이는 식탐이었다. 분양금 일부를 납입하지 못하면 임대 만기 날짜인 올해 11월에 쫓겨난다고 했다. 누구 들으라는 듯 또는 원망하듯, 엄마는 '쫓겨난다'에 힘을 실었다.

쫓겨나게 만든 상대가 설마 나는 아닐 텐데도 듣고 있기
가 거북스러웠다. 아니다, 나도 불행의 씨앗 중에 하나다.
여자 혼자 아이를 키우는 게 만만치 않다고 강조했으니
까. 머릿속이 복잡해졌고 이상하게 말문이 막혔다.

"함께 살 수 있는 길은 정말 없는 거야? 내가 아르바이
트라도 할게."

나는 고등학생이었지만 어른스럽게 말했다. 겉으로는
침착했으나 지푸라기라도 잡고 싶은 심정이었다.

"니가 또와 아저씨 집에서 잠시 살아주는 게 나를 돕는
거야."

며칠 후 나는 짐을 챙겨 또와 아저씨 집으로 갔다. 횡포
에 가까운 합의가 즉시 실행으로 옮겨져 또 한번 놀랐다.
나는 아파트 현관문을 열면 바로 보이는 방에서 지냈다.
옛날 집으로 말하면 문간방이다. 지금은 요양원에서 지내
는 할아버지가 묵었던 방이라고 했다. 텔레비전, 옷장, 3단
서랍장, 이부자리, 원목탁자가 들어앉은 방은 협소했다.
죄다 구닥다리 물건이라 방까지 낡아 보였다. 원목탁자

23

아래 성경책이 놓여 있었는데 그것마저 헌옷 같았다. 엄마 말마따나 날이 새면 또와 아저씨 부부는 가게로, 아들은 도서관으로, 딸은 또 어딘가로 흩어졌다. 집은 깨끗이 비운 휴지통 같았고, 내 마음속에는 재활용되지 않는 쓰레기가 가득했다. 엄마가 말했던 '잠시'는 어느덧 일년이 다 됐다. 정확히 말하면 십개월째다.

엄마가 떠나고 얼마 지나지 않아 겨울방학이 시작됐다. 난감했다. 평소에는 또와 아저씨 집에서 저녁만 한끼 정도 먹는데 방학을 하니 나도 모르게 주방을 자주 찾게 됐다. 엄마가 받을 돈에서 내 숙식비를 제하기로 약속했대도 그들 눈에는 내가 쌀을 축내는 인간으로 보일 터였다. 겨울방학 보충수업이 끝나면 밖에서 빙빙 돌았다. 사탕이나 녹차를 공짜로 먹을 수 있는 대형 통신매장을 기웃거리거나 하며 시간을 때웠다. 또와 아저씨 집에서는 한끼만 먹는다는 원칙을 세웠다. 천원이면 얻을 수 있는 삼각김밥이나 사발면을 내 돈으로 사 먹으면서 콩알 같은 자존심이나마 지키고 싶었다. 나는 안에서나 밖에서나 늘

혼자였다. 친한 친구들은 수업을 마치면 학원으로 직행하
거나 가족과 여행을 떠났다. 새로운 아침을 맞으면 오늘
은 무엇을 하며 지낼지 막막했는데 일단 집을 나서면 금
방 오후가 되고 어둠이 내렸다. 엄마를 기다리는 시간도
그랬다. 엄마가 언제쯤 나를 데리러 올까, 그 '언제쯤'이
아득한 만큼 두려움이 차올랐는데 낮과 밤의 리듬을 타다
보니 어느새 해가 바뀌었다.

3

또와 아저씨의 폭탄선언, 그 폐허 위에서 나는 밤새 잠
을 설쳤다. 그러다 창문 밖이 희끄무레해질 즈음 서둘러
가방을 챙겼다. 해가 늦게 뜬다는 이유 때문에 나는 여름
보다 겨울이 좋았는데 그날은 아무리 창밖을 내다봐도 날
이 밝아오지 않았다. 한밤중이나 캄캄한 새벽에 집을 나
설 용기는 없었다. 시간이 꾸물꾸물 흘러 드디어 창문에

흐릿한 빛이 스며들었다. 챙길 짐이 별로 없어서 그나마 조급함이 좀 가셨다. 교복, 속옷, 양말, 청바지와 티셔츠 각각 두벌, 추리닝, 패딩점퍼가 다였다. 우리는 11월 초에 헤어졌고, 엄마가 굳게 약속한 '당분간'을 철석같이 믿었기에 겨울옷만 준비했는데 그사이 봄과 여름이 다녀갔다. 별수 없이 봄과 여름에는 선양 언니의 옷을 빌려 입었다. 붙박이장에 처박아둔 케케묵은 옷이었지만 스스로 내민 손길에 나는 울컥했다. 엄마와 헤어지고 나서 별것 아닌 일에도 툭하면 코끝이 시큰해졌다.

가족회의라는 타이틀을 앞세우고 치킨을 먹던 날 이후부터 나는 또와 아저씨 가족을 보지 못했다. 그러고 보니 용돈을 쪼개서 사갔던 황금붕어빵은 맛도 못 봤다. 먹다 남은 치킨과 함께 쓰레기통에 버려졌겠지. 또와 아저씨의 불행을 알리는 방법이 아무래도 작위적이어서 나를 내쫓기 위해 가족이 짜고 연극을 했나 싶은 의문이 들기도 했다. 하지만 내 추측이 사실이든 아니든, 처음부터 우리의 인연은 여기까지였다고 생각하며 신경을 껐다. 사람이 주는 상처를 더이상 받고 싶지 않았으니까. 미행을 당하는 여자처럼 종종걸음으로 무작정 걸으면서 엄마한테 여러 번 전화했으나 받지 않았다. 문자메시지도 공허한 메아리에 불과했다. 울화가 끓어오르다 나중에는 헛웃음이 나왔다. 그게 뭐든 발을 떼기가 어렵지 한번 내디디면 걷기가 수월해진다. 부모 자식 간의 거리두기도 마찬가지다. 이런 식으로 삶의 쓴맛을 맛보게 해주는 엄마가 나의 모태였다는 사실이 믿기지 않았다. 나를 삼백일 가까이 밤낮 품고 있던 몸이라면, 아무리 전쟁통이라 할지라도 특별한 감각으로 피붙이를 찾아내지 않을까, 그게 엄마 아닐까.

일이 더럽게 꼬였어도 아쉬움이나 미련 따위는 없는데 찝찝한 기분이 가시지 않는다. 그날 새벽 집을 나서기 전에 할아버지의 방을 한번 더 살피는데 헌옷처럼 보이던 성경책이 빨려 들어왔다. 어떤 관련도 관심도 없어서 그동안 눈 밖으로 밀어낸 물건이었다. 깜빡하고 놓고 갈 뻔했다는 듯 나는 성경책을 들어올렸다. 다분히 충동적인 행동이었다. 배낭을 메고 걷는데 겨우 눈을 뜬 강아지가 들어 있는 것처럼 온기가 느껴졌다. 마음이 뒤숭숭하고, 머릿속은 맑고, 눈앞은 뿌연, 정말이지 종잡을 수 없는 기분이었다.

나는 지금 우주찜질방에서 숙식을 해결하고 있다. 또와 아저씨 집에서 나와 발길 닿는 대로 걷다가 시계를 보니 겨우 아침 일곱시였다. 한숨이 저절로 나왔다. 학교 운동장으로 갈까 생각했으나 이내 도리질을 했다. 스스로 뛰쳐나온 울타리를 기웃거리는 꼬락서니는 생각만 해도 쪽팔린다. 학교와 선을 그어버리니 친구들과도 자연히 멀어졌다. 처음에는 내가 먼저 전화하고 찾아가기도 했는데 시간이 지날수록 나만 파닥거렸다. 나는 평소 휴대전화의 '연락처'를 정원이라고 생각했다. 맨드라미, 제라늄, 채송화 등이 피어 있는 아기자기한 정원. 휴대전화 연락처에 새로 저장되는 번호는 씨앗이다. 그 씨앗과 자주 연락하면 탐스럽게 꽃이 피고 그 반대라면 움튼 싹이 자라다 만다. 나의 정원에는 만개한 꽃보다 누렇게 뜬 싹이 더많았다. 학교, 그리고 친구들과 거리를 두면서 나는 휴대전화의 정원도 갈아엎기로 했다. 당분간 휴대전화에 새로운 씨앗을 뿌리지 않을 작정이었다. 만만하면서도 껄끄러운 학교 운동장을 단념하고 걷는데 불현듯 찜질방이 떠올랐다. 그런 은신처가 있었구나! 휴대전화를 얼른 꺼내 접속했다. 터치만 하면 무엇이든 척척 보여주는 휴대전화가 내게는 더없이 각별했다. 내 머리와 손이 시키는 대로 착하게 따르는 휴대전화가 항상 곁에 있어줘서 그나마 위안이 됐다. 그날만큼은 어쨌든 나를 키워준 엄마보다도, 또 나를 끝까지 붙잡아준 담임보다도 스티브 잡스가 열배나 고마웠다.

　우주찜질방에 있으면 타임머신을 타고 구석기시대로 날아간 듯한 기분이 든다. 엄마의 메마른 손을 잡고 드나든 찜질방은 그렇지 않았다. 그곳은 번화가에 있었다. 찜질방 이름이 '불가마'였는데 간판이 어찌나 크고 빨갛게 빛이 나는지 도심 한복판에 거대한 불가마가 놓여 있는 듯했다. 불가마에 가면 언제나 입이 즐겁고, 등이 따뜻하고, 배가 불렀다. 똑같은 찜질복을 입어 비슷비슷하게 생긴 사람들과 널찍한 방에 누워 있으면 우리가 차진 반죽처럼 한덩어리 같다는 생각이 들었다. 그 결속감 또는 안도감 때문인지 불가마에 있으면 몸이 기분 좋게 흐물흐물해졌다. 크리스마스와 새해 첫날, 그러니까 일년에 딱 두 번 불가마에서 하룻밤 묵기로 우리는 새끼손가락을 걸었다. 하지만 그 다짐은 결국 깨져버렸다. 올해 1월 1일에는 어둠이 내릴 때를 기다렸다가 불가마 주변을 맴돌았다. 혹여 엄마가 약속을 지킬지도 모른다는 기대가 무너진 후에야 나는 그날 첫 끼를 먹었다.

오전 아홉시가 지나면 찜질방은 구석기시대 냄새를 더욱 풍긴다. 삼삼오오 모여 구운 달걀을 먹거나, 여기저기 널브러져 있는 사람들로 찜질방이 복작대다가도 어느 순간 눈을 뜨면 주변이 휑했다. 그럴 때면 엄마를 잃어버린 상실감만 부풀어올라 눈시울이 뜨거워졌다. 눈물은 실컷 흘려야 제맛이 난다던 엄마의 말을 떠올리면서 그냥 흐르게 내버려뒀다. 그러다보면 마음속의 막힌 데를 누가 바늘로 뚫어준 것처럼 휴, 하고 한숨이 나왔다.

찜질방에 햇살이 비치면 갈 곳이 있는 사람과 갈 곳이 없는 사람, 이렇게 두 부류로 갈라진다. 갈 곳이 있는 사람들이 훨씬 많았다. 해가 뜨면 무조건 밖으로 나가야 한다는 사실을 나는 찜질방에서 배웠다. 어딜 가려고 서두르는 사람들을 보면 왠지 멋쩍었다. 갈 곳이 없는 사람들은 대개 혼자였다. 푸르뎅뎅한 찜질복을 입고서 멍하니 앉아 있는 사람들이 우주찜질방을 구석기시대의 동굴로 보이게 했다. 풀잎이나 짐승의 가죽을 걸치고서 사냥하러 나간 가족을 기다리는 여자들. 주변에는 타다 남은 장작, 야무지게 발라먹은 생선뼈, 수북이 쌓인 나뭇잎과 나뭇가지, 억새를 엮어 만든 젓가락이며 접시가 널려 있다. 구석기인들은 심심하면 벽이나 방바닥에 그림을 그리기도 한다. 어두침침한 동굴에 이따금 들려오는 새소리 또는 물소리, 바람 소리.

동굴의 하루 이용료는 칠천원이다. 공원의 벤치에 앉아 휴대전화에 얼굴을 처박고 찾아낸 찜질방이다. 이 도시에서 가장 저렴한 찜질방이라서 다들 이곳에 터를 잡았는지도 모른다. 게다가 야간 할증도 없다. 또와 아저씨 집과는 한참 떨어져 있다. 여기서 내가 다녔던 고등학교에 가려면 버스를 두번 갈아타야 한다. 이용료도 거리도 마음에 쏙 들었다. 혹여 나를 수상히 여기는 사람이 있을까 싶어 변명거리를 만들어뒀다. 나이를 물어보면 이십 대 초반이라고 둘러댈 생각이다. 엄마가 "이 가시내야, 고등학생이면 어른이나 마찬가지야!"라고 귀가 닳도록 말했으니 스무살인 척해도 상관없다. 하지만 어느 누구도 나에 대해 알려고 하지 않았다. 이용료만 제때 지불하면 됐다. 그 무관심에 길들여지니까 오히려 살기가 편했다. 어쩌면 관심보다 무관심이 상대방에 대한 깊은 배려일 수 있겠다는 생각을 나는 무시로 떠올렸다.

나는 어제부터 생활정보지를 샅샅이 뒤지고 있다. 엄마의 연락을 기다리다가는 굶어 죽을 것 같아서다. "당분간 너는 너대로 나는 나대로 살자"라는 말은 홧김에, 또는 여자 혼자 아이를 키우며 살다가 지쳐서 그냥 해본 말이 아니었던 거다. '너는 너대로'를 액면 그대로 받아들여야 한다. 고등학생을 어른과 동등하게 취급하거나, 눈물은 실컷 흘려야 제맛이라고 입버릇처럼 말한 까닭이 있을 터였다. 어쨌든 엄마는 돈을 벌기 위해 대도시로 떠났고, 나는 우주쩜질방에 남았다. 언제까지 동굴에 처박혀서 불만 지피고 있을 수는 없다. 이건 서바이벌게임이 아니라 실전이다.

"레오나르도 다빈치가 경험은 모든 것의 안주인이라고 했다."

내가 자퇴서를 들고서 고집을 피우자 담임이 쓸쓸한 표정으로 말했다.

"그게 무슨 뜻이에요?"

"허먼 멜빌은 열세살에 학업을 중단하고 남태평양으로 떠났고, 찰스 디킨스는 불우한 아동 노동자였어. 카프카는 보험국 관리였고. 모두 명작을 남겼잖아? 그만큼 경험이 중요하다는 뜻이야."

담임이 소설가들을 입에 올릴 때 그들이 쓴 『백경』『크리스마스 캐럴』『변신』이 떠올라 자퇴하는 주제이면서도 내심 흐뭇했다. 그건 누구나 아는 건 아니었기 때문이다. 읽지는 않으면서 꾸준히 책을 사는 엄마의 구매 집착을 볼 때마다 '엄마가 많이 못 배웠구나' 생각했다. 내가 초등학교에 입학하면서부터 엄마는 책을 사들였는데 대개 전집류였다. 한국사 대모험이랄지 동서양 전래동화, 문학 전집, 과학탐험 등 종류도 다양했다. 그건 배우지 못한 허기를 달래는 엄마만의 방식이었다. 어쨌든 나는 엄마 덕분에 책이 쌓여 있는 집에서 성장했다. 책장에 빈틈없이 꽂혀 있던 책은 거의 불려나오지 않았다. 책에 파묻혀 살았어도 우리의 독서량은 빈약하다. 읽기 싫으면 작가와 작품제목이라도 외우라고, 그래야 돈이 아깝지 않다고 엄마가 잔소리를 퍼부어서 시키는 대로 했다. 책 속에 길이 있다고 했는데, 그 길을 부지런히 걸어보지 않아서 우리가 지금 갈팡질팡하고 있는지도 모른다. 그나저나 우리의 임대아파트를 고상하게 만들어준 책들은 지금 어디서 시간의 나이테를 새기고 있을까.

4

　나에게 생활정보지는 요긴한 책이었고, 그 안에는 여러 갈래의 길이 있었다. 이것만 손에 쥐고 있으면 적어도 굶어 죽지는 않을 것 같았다. 원래 생활정보지는 엄마의 소유물이었다. 엄마가 허리를 다쳐 두달 가까이 백수로 지낸 적이 있었는데 그때 나는 월요일마다 생활정보지를 물어 왔다. 엄마는 방바닥에 그것을 펼쳐놓고 납작 엎드려서 빨간색 볼펜으로 여기저기 동그라미를 쳤다. 당장 일을 할 수 있는 몸도 아니면서 공연히 전화를 걸어 사람을 구했냐는 둥 음식점의 위치가 정확히 어디냐는 둥 하며 말을 섞었다. 그렇게라도 하지 않으면 일을 못 하고 있는 불안감을 떨쳐낼 수 없다는 듯이. 생활정보지는 일주일에 세번 발행됐는데 월요일 판에 새로운 일자리가 많다고 했다. 나는 월요일 새벽이면 집 근처의 신문 가판대로 갔다. 등교할 준비를 하느라 바빠죽겠는데 그걸 꼭 나한테 가져

오라고 해서 짜증스러웠다. 휴대전화에 생활정보지 앱을 깔면 서로 편하련만 엄마는 실물을 만져야만 믿음이 간다고 했다. 이상한 고집이었다.

처음에는 엄마의 성화에 못 이겨 마지못해 집을 나섰는데 차츰 내 몸이 자발적으로 움직여졌다. 엄마가 시골집 뼈해장국, 금강해물마당, 일미짜장, 풍천장어타운 등등에 별표를 해놓은 생활정보지를 우연히 접한 순간부터였다. 허리를 다쳐 치료하는 와중에도 머릿속으로는 부지런히 일자리를 구하는 엄마, 이게 우리의 현실이구나, 그렇다면 생활정보지 심부름이라도 곱게 하자는 마음이 나도 모르게 먹어졌다. 그날 새벽, 또와 아저씨의 집을 나와 무작정 걷다가 편의점 가판대에 꽂혀 있는 생활정보지를 봤다. 저절로 손이 갔다. 차가우면서도 부드러운 촉감이 느껴졌다. 엄마가 소중히 여기던 물건을 비로소 찾은 것처럼 잠시나마 내 마음이 환해졌다. 나는 왠지 특별한 감정이 느껴지던 생활정보지를 반으로 접어 옆구리에 꼈다.

올해는 추위가 빨리 찾아온다고 했으니 일단 몸을 보호

해줄 둥지부터 살폈다. 아침에 눈을 뜨자마자 '오늘의 날씨'부터 챙기는 것도 새로 생긴 습관이다. 나처럼 몸도 마음도 가난한 사람에게 날씨의 변화는 목숨을 부지하는 데 있어 식량 못지않게 중요하다는 사실도 새로이 알게 됐다.

형광펜을 쥐고서 생활정보지를 꼼꼼히 훑어봤다. 내 꼴이 엄마가 하던 모습과 똑같아서 피식 웃음이 났다. 내가 당장 들어갈 수 있는 고시원은 많았으나 가격이 만만치 않았다. 신시가지에 위치한 '고시텔'은 보통 이십만원이 넘었다. 구시가지에 있는 고시원은 신시가지에 비해 저렴했는데 그래도 십오만원을 웃돌았다. 한숨이 저절로 나왔다. 보증금을 받으면 월세가 좀 내려갔는데 내게는 언감생심이었다. 통장에 모아둔 돈은 월세를 내기도 빠듯했다. 그러다 '보증금 무 월 13'을 발견했다. 지금까지 살펴본 고시원 중에 가장 쌌다. 횡재한 기분이었다. 보증금 없이 월 십삼만원짜리 고시원이 오죽할까 싶었지만 그런 생각을 하는 자체가 사치였다. 아무나 할 수 없는 일이라고 여긴 '집 구하기'가 내 손에서 이루어지려 하다니, 그저 신기할 뿐이었다. 스스로가 대견하면서도 한편으론 어느새 세월이 훌쩍 흘러 폭삭 늙어버린 듯한 기분도 들었다. 현실과 환상 속을 헤매는 처지라 이게 꿈인지 생시인지 모르겠어서 손거울에 얼굴을 비춰봤다. 다행히 얼굴은 그대로였다. 생기가 빠진 칙칙한 얼굴, 코 밑에 돋아난 뾰루지, 그리고 현실의 김아란을 증명해주는 우주쯤질방.

고시원에서 살려면 일자리는 필수였다. 잠자리와 일자리가 긴밀한 관계라는 사실도 얼떨결에 독립하면서 알게 됐다. 둘을 떼어놓는 순간 불편과 불행이 냅다 끼어들어 훼방을 놓는다. 집보다는 일자리가 우선이라는 생각에 갑자기 마음이 급해져 페이지를 넘기는데 '독채, 보증금 무, 월세 십만원'이 시선을 붙잡았다. 독채? 나는 휴대전화의 포털사이트 백과사전에서 '독채'를 검색해봤다. '따로 떨어져 독립되어 있는 집채'. 내 눈에 힘이 들어갔다. 독채가 자리한 곳은 '시내버스 23번 종점'이었다. 특히 '종점'이라는 단어가 매력적으로 다가왔다. 만약 버스 안에서 잠이 든다 해도 종점까지 오면 운전기사 아저씨가 깨워줄 테고, 서둘러 내리면 거기가 바로 집일 테니까. 요즘 생각의 늪에 곧잘 빠지다가 스르르 잠이 들어버리는 나에겐 안성맞춤이었다. 시간이야 남아도니까 집 구경이나 해보자는 마음으로 우주찜질방을 나섰다. 언제부턴가 내 안에서 일렁이는 '될 대로 돼라'는 붉은 기운, 그 생소한 불꽃은 나의 유일한 무기였다.

나는 23번 시내버스에 올라탔다. 정오가 넘은 시간이었고, 시내버스는 가볍게 붕붕 날아오르듯 달렸다. 무거운 짐을 내려놓아 무척 홀가분하다는 듯이. 창문을 열자 보송보송한 가을바람이 내 얼굴을 빈틈없이 감쌌다. 저절로 눈이 감겼다. 누군가의 체온 같은 바람결을 느끼며 눈을 감았다 떴다 했는데 그때마다 이상하게 교복을 입은 애들만 보였다. 이 시간에 학교에 있지 않고? 아, 점심시간이구나. 걔들은 밥을 눈치껏 일찍 먹고, 아니면 거르기로 하고서 밥보다 훨씬 맛있는 무언가를 찾아 학교를 벗어났을 것이다.

나도 그해 어버이날을 앞두고 점심시간을 이용해서 부

랴부랴 이마트로 갔다. 나에게 주어진 시간이 빠듯해 점심까지는 챙겨먹지 못했다. 이마트의 화원에 진열되어 있는, 엄마가 눈여겨보던 '녹비단'을 사야만 했다. 도톰한 잎이 녹색 비단 같아서 녹비단이라는, 엄마 식대로 풀이한 그 식물을 카네이션 대신 선물했다. 나중에 알고 보니 엄마가 녹비단을 좋아한 이유는 따로 있었다. 녹비단이 여름과 가을 사이에 노란 꽃을 피우면 돈벼락을 맞는다는 속설을 믿었던 거였다. 하지만 녹비단은 그해 겨울이 오기 전에 잎이 누렇게 뜨면서 말라버렸다. 햇빛과 물을 싫어하는 줄도 모르고 풍족하게 먹여줬기 때문이다. 엄마의 어리바리한 양육방식을 그때 알아봤어야 했다.

시내버스가 정류장마다 섰지만 이용하는 사람이 거의 없고 도로까지 한산해서 금세 종점에 다다랐다. 으스스할 정도로 적막한 동네였다. 어느 동네에서나 흔히 볼 수 있는 술집, 미용실, 학원, 피시방도 별로 없었다. 낡은 연립주택과 번영슈퍼와 노랗게 물들어가는 은행나무만 눈에 들어왔다.

"아까 생활정보지 보고 전화한 사람인데요. 지금 23번 종점에서 내렸는데 어디로 가면 돼요?"

"번영슈퍼 보이나요?"

내가 그렇다고 대답하자 그 자리에서 우측으로 고개를 돌려보라고 했다. 아니면 좌측으로. 내가 어느 쪽에 서 있는지 몰라 두 방향을 모두 말하는 것 같았다. 먼저 우측을 쳐다봤는데 길이 막혀 있었다. 좌측은 나무가 무성했다.

"나무가 많은 쪽인가요?"

"네, 좁은 길을 따라 쭉 들어오세요."

상대방이 먼저 전화를 끊었다. 목소리가 우리 엄마보다 더 굵고 게다가 차갑기까지 해서 선뜻 발걸음이 옮겨지지 않았다.

나무가 빼곡한 좌측으로 들어서자 그녀가 무슨 요술을 부려놓은 것처럼 좁다란 길이 삐뚤삐뚤 이어져 있었다. 잡초가 우북한 길이 내 발을 끌어당기는 것 같았다. 우측으로는 나무들이 어수선하게 자라 있었다. 가지가 무성했다. 공터를 메우려고 되는대로 심어놓은 듯한 인상이었지

만 어떤 모습으로 있든 나무는 정겨웠다. 나무들을 쳐다
보다가 어느 순간 길이 끊어지는 느낌이 들어 고개를 돌
려보니 수돗가가 딸린 마당이었다. 무심코 뒤를 쳐다봤
다. 내가 방금 걸어온 구부러진 길이 이승과 저승의 경계
처럼 기묘한 분위기를 자아내고 있었다.

 "이리로 들어오세요."

 어디선가 불쑥 튀어나온 목소리에 나는 주춤 뒤로 물러
섰다. 거무튀튀한 얼굴에 삐쩍 마른 아주머니가 미닫이문
을 열고서 나를 빤히 쳐다보고 있었다. 곁에 있는 두 여자
는 딸들인 것 같았다. 아주머니는 빵모자를 쓰고 있었다.
빵모자로 머리카락을 죄다 감춰서 야박한 인상을 풍겼다.
나는 댓돌 비슷한 곳에 운동화를 벗어놓고 들어갔다.

 "대학생인가요?"

 나도 모르게 그렇다고 대답했다. 주인아주머니가 묻지
도 않았는데 휴학했다는 말도 덧붙였다. 가슴이 뛰었다.
어느 대학교에 다니느냐고 물으면 대충 얼버무리고 나오
려 했다. 이왕 내뱉은 말이니까 천연덕스럽게 아무 대학

교나 입에 올릴 수도 있었는데, 그러면 사기꾼이 될 것 같았다. 거짓말쟁이와 사기꾼은 어감부터 다르다. 거짓말쟁이는 왠지 귀엽게 봐줄 수 있을 것 같은데 사기꾼이라면 말조차 섞기 싫어진다. 다행히 아주머니는 나의 사생활에 대해 깊이 알려고 하지 않았다. 천만다행이었다. 우리 엄마라면 어느 대학에 다니느냐, 부모님은 어디에 사시느냐, 어디에서 아르바이트를 하느냐며 꼬치꼬치 캐물었을 것이다. 무례한 관심보다는 적당한 무관심이 도리어 편하다.

묻고 대답하는 사이 내 마음은 '독채'에 완전히 기울어져 있었다. 아까 작은 나무숲을 보는 순간부터 이 집에서 살고 싶은 욕심이 부풀었다. 무엇보다 쭉쭉 뻗은 나무들이 든든한 방패막이 되어줄 것 같았다. 또와 아저씨 집을 벗어나면서, 아니 엄마와 엮여 있던 매듭이 느슨해지면서 항상 누군가에게 쫓기는 기분이 들었다. 게다가 뭔가를 빨리빨리 해치워야 한다는 조급증까지 더해 날마다 불안했다. 사실 월세 십만원도 내게는 적지 않은 돈이었으나 심리적 안정을 위해 일단 저질러보자는 생각만 꽂꽂했다.

안집에서 독채까지는 열걸음도 되지 않았다. 주인아주머니는 독채를 아래채라고 불렀다. 전체적으로 보면 집은 'ㄴ'자를 오른쪽으로 뒤집은 구조였다. 안집과 아래채는 한몸으로 이어져 있었다. 주인아주머니가 야구공처럼 생긴 손잡이를 당기자 바로 아담한 주방이 드러났다. 주방에 딸린 문으로 들어가자 자그마한 방이 나왔다. 엄마가 봤으면 '잠동사니 살림을 놓으면 되겠다!'라며 좋아했을 것이다. 작은방에 붙어 있는 미닫이문을 여니까 널찍한 방이 또 나타났다.

"집이 되게 좋아요."

나는 어린애처럼 싱글벙글했다. 사실 타일이며 문짝, 장판, 창문, 유리창이 좀 더럽고 낡아 보였다. 퀴퀴한 냄새도 풍겼다. 하지만 이만큼 구색을 갖춘 집이 보증금 없이 월세 십만원이면 감지덕지였다. 장판이 찢어지고 유리창이 깨졌대도 상관없었다. 엄마가 그랬다, 뭐든 가꾸기 나름이라고. 쓸고 닦는 건 돈이 들지 않으니 물걸레로 꾸준히 문질러대면 향긋한 냄새가 배어들 것이다. 첫눈에 반한 독채에 애정 어린 눈길을 보내고 있는데 문득 계약서가 떠올랐다. 집을 얻으면 계약서 작성은 기본이고, 거기에 주민등록번호 적는 칸이 있을 텐데 몇년생이라고 써야하나. 주인아주머니가 주민등록증을 보여달라고 하면 어쩌지? 머릿속에서 진땀이 났다. 신분이 탄로 나면 제발 이집에서 살게 해달라고, 월세는 절대 밀리지 않겠다고 싹싹 빌어볼까. 그런데 주인아주머니는 아래채를 보여주고나서도 계약서 얘기는 입 밖에 꺼내지 않았다. 까먹었나싶어서 기어들어가는 목소리로 "계약서는 안 써요?"라고떠봤다.

"보증금을 받는 것도 아닌데 계약서를 꼭 써야 하나…… 월세나 밀리지 말고 살다가 싫증 나면 언제든지나가요. 계약금도 받지 않을 테니까 혹시 마음이 바뀌면전화 주고요. 집은 비어 있으니 언제든 이사해도 좋아요.혹시 계약서 필요해요?"

나는 "아니에요" 하면서 손사래를 쳤다.

우리는 집 앞 시내버스 종점에서 헤어졌다. 주인아주머

니와 딸들은 어딜 간다고 했다. 아래채를 아무런 조건 없이 빌려준 것처럼 마냥 고마워서 그녀들과 함께 걷고 싶었다. 하지만 워낙 서두르는 기색이라 끼어들지 못했다. 세 여자는 나란히 서서, 누가 떼어놓기라도 할까봐 서로의 팔을 꼭 붙들고 꿈틀꿈틀 멀어져갔다.

5

"우리 딸이 나 없이도 잘 먹고 잘살게 해주세요"라고 엄마가 매일 기도를 하는지, 의외로 일자리가 쉽게 구해졌다. 내 손으로 동굴을 마련하고 내 발로 사냥터를 찾다니, 머리도 몸도 둔한 내가 기적을 일으켰다. 나도 몰랐던, 내 안에 파묻혀 있는 생활력을 엄마가 발견하고서 잘 살겠거니 하며 손을 놓았나. 십 대 딸의 생활력을 믿고 나 몰라라 하는 부모라니, 누가 알까봐 창피스럽다. 책 속에 길이 있다는 말은 과연 진리였다. 생활정보지는 다채로운 인물, 집, 여행, 직장, 물건 등의 정보로 빼곡하므로 한권의 책이나 다름없었다.

나는 치킨집에서 일하게 됐다. 고고치킨 주인은 사십대 중반쯤 돼 보이는 여자였는데 미혼인 것 같았다. 의좋은 남매처럼 함께 움직이는 눈웃음과 보조개가 친근했다. 면접을 보는데 그녀가 오토바이로 배달할 수 있느냐고 물었다. 요즘은 여학생들도 오토바이를 곧잘 탄다면서. 나는 고개를 저었다. 치킨집에서 일을 해본 경험이 있느냐는 말에는 눈을 내리깔았다. 집이 어디냐는 질문을 받고 곰곰 생각해보니 새로 얻은 독채에서 고고치킨까지 꽤 멀었다. 그런데도 나는 아르바이트생으로 받아들여졌다. 대신 1인 3역이라는 조건이 붙었다. 주방 보조, 그리고 홀 서빙, 나머지 1역은 나중에 알려준다고 했다. 나는 집을 구할 때처럼 휴학생이라고 거짓말했는데 이번에도 문제없이 넘어갔다.

나는 고고치킨의 주인을 '치킨홍'이라고 불렀다. 물론 마음속으로다. 그녀가 입고 있던 빨간 스웨터 때문인지 보는 순간 한문 '紅', 붉을 홍 자가 떠올랐다. 가슴과 엉덩이가 크면서 허리는 잘록한 외모가 한글 '홍'과 비슷해 보이기도 했다. 치킨홍이 환영한다는 뜻으로 닭을 튀겨줬다. 그녀만의 비법이라도 있는지 치킨이 유달리 바삭바삭했다. 평소 나의 양식은 구운 달걀 아니면 삼각김밥이나 과자 부스러기여서 배 속이 항상 허우룩했다. 뭘 먹어도 빈 독에 물을 붓는 기분이었다. 그 휑한 배 속에 모래성을 쌓듯 나는 치킨을 부지런히 씹어 넘겼다. 먹다 남은 치킨을 가져가도 되느냐고 물어볼까 말까 잠시 고민하고 있는데 9월 마지막 주 토요일이 갑자기 살아났다. 또와 아저씨가 무슨 판사처럼 가정파산을 선고했던 장면 말이다. 토막토막 잘린 다리와 날개와 모가지를 보고 있자니 입맛이 달아났다. 나는 이래저래 먹을 복이 없구나.

"청하순대 찾았어? 좌우로 샅샅이 훑어봐. 뭐? 이 답답한 인간아, 까치마을 옆에 있다니까 왜 하얀마을 앞에서 빌빌거려. 치킨 식으니까 빨리 뛰어가!"

속이 터져서 죽겠다는 표정으로 치킨홍이 전화를 끊는

다. 그러고는 얼른 뒤돌아 기다란 집게로 치킨을 뒤적거렸다. 175도로 끓고 있는 거뭇한 기름 안에서 닭이 튀겨지는 소리는 언제 들어도 신선하다. 색색의 셀로판지를 한꺼번에 비비는 듯한 소리. 별이 촘촘히 박힌 밤하늘에 청진기를 들이대면 이런 소리가 들릴 것 같기도 하다. 그 낭만적인 소음이 주방을 빈틈없이 에워싸고 있었다.

"아, 아, 마침 잘 왔어. 이리 와서 치킨 포장 좀 해줘."

"배달이 밀렸어요?"

나는 배낭을 소파에 던져놓고 주방으로 들어갔다.

"양보가 집을 못 찾아서 독촉 전화가 빗발쳐. 걔는 원룸촌으로 배달만 갔다 하면 헤맨다니까. 인건비 아끼려다 내 복장이 터져."

삐리삐리 삐리리리리. 신호음이 울리자 치킨홍이 튀김기에서 재빨리 닭을 건져낸 뒤 환풍기를 틀어 잠시 말린다. 그래야 치킨이 바삭바삭해진다고 했다. 기름기가 좔좔 흐르는 누릇누릇한 치킨을 보니 나도 모르게 침이 꿀꺽 삼켜졌다. 나는 치킨에 간장소스를 발라 박스에 담고 코

카콜라와 무, 그리고 양념소스를 챙겼다. 쿠폰도 잊지 않는다. 그때 자전거가 급히 멈추는 소리가 들렸다. 치킨홍이 냉큼 뛰어나간다.

"독촉 전화가 두번이나 왔으니까 해찰 부리지 말고 빨리 갖다줘. 주공 5차 103동 902호다!"

양보가 나를 본체만체하며 자전거 바구니에 치킨을 싣고 힘껏 페달을 밟는다.

두시간이 바쁘게 지나갔다. 치킨 주문 전화는 여덟시에서 열시 사이에 몰린다. 홀에 손님까지 들어오면 정신이 없다. 주문 받으랴, 테이블 세팅하랴, 설거지하랴, 어느 날은 주방과 홀을 바삐 오가다가 신발이 홀렁 벗겨지기도 했다. 이 시간에는 어떤 잡념도 끼어들지 못한다.

"발바닥에 감각이 없네. 작년까지 배달사원이 있었는데 올봄 취업이 돼서 서울로 올라갔어. 장사도 안 되고, 우리 집은 배달보다 홀 손님이 많아서 배달사원 대신 아란씨를 뽑은 거야. 우리 집 배달 손님은 대개 코앞에 있는 원룸이나 아파트에 사니까 양보가 자전거로 가져다주고, 내

가 차로 배달도 하면서 꾸역꾸역 버티고 있는데, 하, 아까
는 정말 배달사원이 간절하더라. 갑자기 배달 전화가 밀
리지, 양보는 헤매지, 필요할 때마다 부르는 알바생은 오
늘따라 시간이 없다고 하지……"

치킨홍이 숨을 크게 내쉬며 자주색 소파에 무너져내렸
다. 전자제품 매장 앞에서 온종일 흐느적거리던 바람인형
이 구석에 처박힌 모양새다. 배달사원을 구하고 싶었다는
말에 더럭 겁이 났다. 그럼 내가 그만둬야 할 테니까. 지금
부터라도 오토바이 운전을 배워볼까. 살아남기 위해서라
면 뭘 못 하랴 싶다.

"아란씨도 좀 쉬어. 나는 잠깐만 누워 있을래."

치킨홍이 "아란씨"라고 부를 때마다 뜨끔하고 어색하
다. 거북스러운 호칭이 외톨이라는 처지를 부각시키는 듯
해서 그렇게 불릴 때마다 멍하다. 치킨홍의 눈꺼풀이 금
세 닫혀버렸다. 양보는 저쪽 소파에 석고상처럼 앉아 있
다. 텔레비전을 보는 건지, 딴생각을 하고 있는 건지 종잡
을 수 없는 눈빛이다. 치킨홍의 남동생 양보는 도통 말이

없다. 무슨 불만이 있거나 투정을 부리느라고 입에 자물쇠를 채운 것 같지는 않다. 양보가 구사하는 단어는 정해져 있다. "예." "아니요." "감사합니다." "고고치킨입니다." 어느날 양보가 "잔돈이 없어요"라고 말하는 소리를 듣고 나는 깜짝 놀랐다. 마치 누군가의 간절한 기도로 말문이 트인 것 같았다. 양보에게 먼저 말을 걸어볼까 하다가 관둔다. 일자로 닫힌 입을 억지로 열어봤자 뭐가 달라질 것 같지도 않으니까.

일주일째 고고치킨에서 일하고 있다. 어쩔 수 없이 들어선 사냥터는 의외로 살벌하지 않았다. 내게 먹이를 조달해주던 엄마와 또와 아저씨 가족이 없어져 '이거 큰일 났구나!' 겁을 먹었는데 본능적으로 눈을 부릅뜨고 주위를 살피니 오솔길이 보였다. 호랑이 굴에 잡혀가도 정신만 차리면 살 수 있다는 말이 괜히 생긴 게 아니었다. 고고치킨에서는 오후 다섯시부터 밤 열시까지 일한다. 일요일은 쉰다. 그날 시급을 정하고 나오면서 머릿속으로 계산기를 두드리는데 입이 쩍 벌어졌다. 엄마는 헤어지면서 내 손에 오만원을 쥐여줬다. 앞으로 매달 그만큼씩 통장에 넣어주겠다고 했다. 처음 한두달은 그 약속이 지켜졌다. 그러다 오만원이 사만원 되고, 사만원이 이만원 되더니 마침내 돈줄이 끊겨버렸다. 잊어버릴 게 따로 있지, 어떻게 딸의 통장을 텅텅 비워놓나. 그게 사실은 까먹은 게 아니라, 엄마도 빈털터리라 그런 거라면 이제 정말 '너는 너대로 나는 나대로' 살아야 한다. 하필 한여름에 거래가 끊긴 통장을 보면서 나는 피도 눈물도 없다는 뜻이 이런 거구나 생각했다.

배달 전화가 끊김과 동시에 손님도 들지 않는다. 치킨홍이 코까지 골며 잠을 자고 있다. 저러다가도 전화벨이 울리면 로봇처럼 벌떡 일어난다. 소파 사이를 왔다 갔다 하다가 무심코 출입문을 열었다. "어! 비가 내리네!" 나도 모르게 탄성을 내질렀다. 계절이 바뀌고 처음으로 얼굴을 내미는 가을비다. 빗줄기가 안개를 토해내는 것처럼 사방이 뿌옇다. 띄엄띄엄 늘어선 가로등의 몽롱한 불빛이 그림책 속에 떠 있는 만월 같다. 빗방울이 조금씩 굵어졌으

나 비를 피하고 싶지는 않다. 내 머리와 옷에 스며드는 빗
방울이 누군가의 뜨거운 눈물 같았으니까.

6

내가 매일 타고 다니는 23번 시내버스는 도시를 반바퀴
쯤 돌아 종점에 닿는다. 버스는 건어물 가게와 횟집이 즐
비한 수산시장을 거쳐 세무서를 끼고 돌아 썰렁한 도로
를 한참 달리다가, 도시의 마지막 램프처럼 보이는 신호
등 앞에서 좌측으로 몸을 튼다. 복잡하고 시끌시끌한 왕
복 이차선 도로를 지나면 허름한 연립주택이 보이고 거기
서 한 정거장만 가면 종점이다. 은행나무가 노랗게 늘어
선 동네의 주소는 '풍월로 31길'이다. 풍월로, 풍월로······
바람과 달이 지나가는 길이라는 뜻인가. 이름은 시적이
지만 분위기는 병적이다. 인적이 뜸하고, 그나마 눈에 띄는
간판은 자음이나 모음이 떨어져나가 있고, 문도 닫혀 있

기 일쑤다. 그 흔한 까치나 비둘기조차 이 동네로는 잘 날아들지 않는다. 밤늦게 종점에서 하차할 때면 은근히 겁이 난다. 어떤 빛도 허용하지 않겠다는 듯 사방이 깜깜한 데다 대개 혼자 내리기 때문이다. 내가 땅에 두 발을 내디디면 시내버스는 서둘러 떠나버린다. 어둠이 너무나 농밀해서 끈적끈적한 촉감마저 느껴지는 공간에 내던져지면 숨이 턱 막힌다. 어떤 실체가 몸을 감추고 있는 것 같은데 눈에 보이지 않으니 두려움이 짙어진다. 일부러 팔을 좌우로 흔들며 심호흡하는 습관이 그래서 생겼다. 나도 모르게 잠이 들어도 운전기사가 깨워줄 테니까 '종점'이 매력적이라는 처음 생각은 큰 착각이었다. 종점은 이렇게 어둡고 후미진 곳이어서 잠이 들기는커녕 버스를 타는 순간부터 무서워진다. 내 숨소리에서조차 이질감이 느껴지는 밤길을 걸으려면 용기라는 안전봉이 반드시 필요하다.

우주찜질방에서 독채로 거처를 옮기던 날 내심 떨렸다. 배낭과 스포츠백만 들고 나타난 세입자를 보고 주인아주머니가 의심하지 않을까 내심 걱정스러웠기 때문이다. 거짓말로 말문을 트고 나니 두루두루 신경이 쓰였다. 주인 아주머니가 뒤늦게 "학생, 아무래도 부모님과 전화 통화를 해야겠어"라면서 나의 신상에 대해 알려고 들면 골치 아파진다. 운이 나쁘면 신원미상의 여자로 몰려 경찰서에 끌려갈 수도 있지 않을까. 만약 그런 최악의 상황이 벌어지면 죽기 살기로 뛸 것이다. 만일의 사태를 대비해 웬만하면 걸어다니면서 다리의 근육을 키웠다. 소중한 물건을 몸에 항상 지니고 다니려고 힙색도 샀다.

일자리를 구한 날, 나는 일부러 영화시장을 찾았다. 엄마의 발자국이 곳곳에 많이 찍혀 있는 공간이라 그 흔적에게라도 자랑하고 싶었다. 영화시장에는 종류도 다양한 값싼 먹을거리가 넘쳤다. 짝퉁이나 중고품, 그리고 희귀한 골동품이 많아서 한때는 명소로 인기를 끌었던 곳이다. 엄마는 월급을 받고 맞이하는 첫 주말이면 나를 데리고 영화시장에 갔다. 초등학교 5학년 때부터 매달 한번씩 즐긴 나들이였다. 엄마는 어김없이 출입문에 '명품'이라고 써 붙인 가게를 들르곤 했는데, 가방이나 구두를 들었다 났다 하다가 결국 매운 잡채랑 튀김만 잔뜩 먹고 돌아왔다. 지금 생각해보면 그게 다 짝퉁이었다. 조잡한 명품 짝퉁조차 사지 못하는 팔자라니. 둘이 손잡고 돌아다니던 영화시장에 혼자 가니 운동화 한짝을 잃어버린 기분이었다. 그때 힙색이 눈에 띄지 않았다면 나는 계속 우왕좌왕했을 것이다.

하지만 나는 괜한 걱정을 하고 있었다. 가출한 여자처럼 옷가방만 들고 숲속의 오두막으로 들어서자 아무도 나를 반겨주지 않았다. 순간 사람이 얼마나 그립던지, 찍찍거리며 이 나무 저 나무로 옮겨 다니는 새들한테 말을 걸고 싶었다. 일단 문을 죄다 열어놓고 환기부터 시켰다. 집이 오래 비워져 있었는지 곰팡이 냄새가 쿰쿰하게 올라왔다. 뒷짐을 지고서 찬찬히 뜯어보니 독채가 어째 후줄근하고, 어딘지 모르게 한쪽으로 쏠린 듯한 느낌이 들었다. 내가 첫눈에 반한 집이 맞나 싶을 정도로 뒤바뀐 인상에 마음이 허전했다. 그래도 방이 두개나 있는 독채가 당분간 내 소유라는, 희미하게 살아나는 자부심에 기대어 팔을 걷어붙였다.

　근데 이게 웬일인가. 욕실이 없었다. 오는 길에 '천냥백화점'에서 구입한 매직스펀지로 독채의 묵은 때를 벗기려고 했는데 욕실이 보이지 않아 난감했다. 냅다 안채로 달려갔다. 문이 굳게 닫혀 있었다. 주인아주머니는 전화도 받지 않았다. 급한 대로 싱크대 개수대에서 걸레를 빨았다. '머리도 개수대에서 감아야 하나?' '샤워는 어디서 하지?' '속옷이나 양말을 어떻게 빨아?' 내 머릿속은 욕실에 대한 의문으로 가득 찼다. 가만 보니 이 집에는 대문도 없었다. 종점에서 내려 슈퍼를 지나 잡초가 수북한 길을 따라가면 안채와 아래채가 보이는 구조였다. 대문이 없는 집에 살고 있다는 사실을 떠올릴수록 목덜미가 서늘해졌다.

　"저게 욕실이에요."

　다음 날, 좀 다급한 목소리로 묻자 주인아주머니가 "이리 와봐요" 하더니 허름한 창고를 가리켰다. 아마 다른 사람의 눈에도 그게 욕실로는 보이지 않았을 것이다. 나를 더 놀라게 한 건 욕실이 자리한 공간이었다. 안채 옆에 자리 잡은 공간이 꽤 널찍했는데 쓸모없어진 살림이며 잡동사니가 마구잡이로 놓여 있었다. 합판이며 비닐, 굵은 철사, 그리고 공구도 보였다. 한쪽에 버려진 듯 놓여 있는 톱이 섬뜩했다. 괴괴한 어둠이 깔린 공간은 문짝을 떼어낸 창고 같은 느낌을 자아냈다. 그 공간 구석에 있는 욕실을 보자 내 머릿속도 깜깜해졌다. 커다란 창고 안에 있는 작은 창고, 그게 내 욕실이었다.

"욕실이 밖에 있네요? 씻으려면 저기까지 왔다 갔다 해요? 한겨울에도요?"

상상만 해도 한기가 느껴지면서 몸이 저절로 움츠러들었다.

"살다보면 익숙해져요. 뭐든 적응하기 나름이니까."

주인아주머니가 눈을 비비면서 대수롭지 않게 말했다.

"공동욕실인가요?"

"우리 욕실은 안에 있어요. 욕실 때문에 불편하면 다른 집 알아봐요."

계약을 파기하자는 뜻으로 들릴까 싶어 나는 "그냥 여

쫴본 거예요" 하며 유유히 돌아섰다. 욕실이 밖에 있든 안에 있든 상관없다고, 나는 어느새 스스로를 타이르고 있었다. 산속에 파묻혀 호롱불로 어둠을 밀어내면서 책과 놀던 선비들을 생각하자. 아니면 지금이 원시시대라고 최면을 걸어볼까. 물고기 잡아 구워 먹고, 계곡에서 몸을 씻고, 모닥불을 피워 추위를 녹이는 그야말로 자연 친화적인 일상을 머릿속에 들여놓으니까 내 신경을 자극하던 '불편'이 슬그머니 물러섰다.

그날 자정이 넘어 주인아주머니한테 전화가 걸려왔다. 자정을 정오로 착각했나 싶을 만큼 목소리가 생생했다. 아무래도 욕실이 마음에 걸렸는지 해결책을 알려줬다. 남전연립 앞에 평안탕을 이용하라고 했다. 목욕비도 싸고 물도 좋다, 우리 딸들은 겨울에 평안탕에서 살다시피 한다는 말을 늘어놨다. 불면증에 걸린 여자가 긴긴 밤이 지겨워서 욕실을 핑계로 말꼬리를 이어가는 느낌이었다. 겨울에 평안탕에서 호사를 누릴 처지가 아니므로 그 해결책은 나와 무관했다. 마음에 병이 걸리면 나만 손해니까 좋게 받아들이기로 하고 집을 단장해갔다. 직사각형 모양의 작은 주방에 딸린 문을 열어봤더니, 세상에, 그게 화장실이었다. 주방과 화장실이 한쌍이었다. 말하자면 밥과 똥이 함께 있는 거였다. 화장실이라고 부르기도 민망한 공간에 변기만 달랑 놓여 있었다. 전구가 펑 터지면서 소인국으로 순간 이동한 것처럼 모든 살림살이가 작고 동글동글해 보였다. 이제 본격적으로 소꿉놀이를 해볼까. 요즘 나의 해결사 생활정보지를 가방에서 꺼냈다. 생활정보지의 중고 전자제품 난에는 값싼 물건들이 줄지어 있었다. 무료로 준다는 물건도 많았다. 돈을 번다고 생각하니까 없던 결단력이 생기고, 의식주에 대한 상상력이 펼쳐졌다.

7

"아란아!"

나는 반사적으로 고개를 돌렸다. 그 소리는 노련한 궁

사의 화살처럼 내 가슴에 콱 박혔다. 선양 언니가 엉거주
춤 서서 놀란 표정으로 나를 바라보고 있었다. 나도 같은
기분이라 어찌할 바를 몰랐다. 저녁 일곱시가 넘은 시간
이었고 실내가 한산해서 선양 언니의 모습이 도드라져 보
였다. 불청객이 꿈틀꿈틀 내게로 다가왔다. 나는 냉장고
에 맥주를 채워 넣는 중이었다. 이 와중에도 내 신분이 드
러날까 싶어 가슴을 졸였다. 치킨홍은 나를 휴학생으로
알고 있는데, 고등학교 자퇴생이라는 사실이 밝혀지면 단
호하게 밀어낼지도 모른다. 누군가의 거짓말 때문에 크게
상처받은 적이 있는지, 치킨홍은 거짓말을 하는 인간들하
곤 상종하기 싫다고 했다. 잘못했다가는 밥줄이 끊어지게
생겼다. 다행히 치킨홍은 주방에서 동태를 손질하느라 분
주했다. 날도 쌀쌀한데 동태찌개나 끓여 먹자며 주방으로
들어간 참이었다.

  "너 그렇게 안 봤는데, 참 인정머리 없다. 예의도 모르
고. 어떻게 메모 한장 안 남기고 감쪽같이 사라져?"

  언니가 팔짱을 끼면서 눈을 부릅뜬다. 카랑카랑한 목소

리가 주방까지 들릴까봐 나는 언니의 옷소매를 붙잡고 출
입문에 가까운 테이블로 갔다.

"여긴 언제 왔어요?"

"한시간쯤 됐나. 들어올 땐 너를 못 봤는데 아까부터 저
쪽에서 왔다 갔다 하더라? 너랑 되게 닮았다 생각했는데
진짜 김아란일 줄이야. 여기에서 일하니?"

나는 엄지손톱을 물어뜯으며 고개를 끄덕였다. 주방에
서 설거지하랴, 배달 박스 접으랴, 한창 바쁠 때 언니가 들
어온 모양이었고 그때는 양보가 서빙을 해서 마주치지 않
았던 것이다. 내가 먼저 언니를 봤더라면 주방에 처박혀
있었을 텐데…… 공연히 빚진 기분까지 들어 몸도 마음
도 불편하다. 우리 엄마가 또와 아저씨한테 빌려준 돈에
서 내 숙식비를 제하기로 했다니까 공짜 밥을 먹은 것도
아닌데 말이다. 어쩌면 숙식비를 제하고도 돌려받을 돈이
남아 있는지도 모르지. 따지고 보면 주눅 들 까닭이 없는
데 나도 모르게 손과 다리가 모아졌다.

"지금 어디에서 지내? 여기서 숙식도 해결해주냐?"

"잠은 고시원에서 자고 밥은 여기서 먹어요. 저녁만요."

거짓말이 술술 잘도 나왔다. 고고치킨에서 저녁만 먹여
준다는 말은 사실이었다. 치킨홍은 거짓말하는 인간들을
경멸한다지만 선의의 거짓말도 있다. 상대에게 피해를 주
지 않는 거짓말을 요령껏 구사할 줄 안다는 건 오히려 삶
의 잔기술을 터득하고 있다는 증거 아닐까. 그나저나 어
떤 말로 이 상황을 모면할지 머리를 굴리고 있는데 저쪽
테이블에서 운동복 차림의 남자가 선양 언니를 향해 "뭐
해!" 하며 손가락을 까닥였다. 일행인 모양이었다.

"몇시에 끝나?"

"밤 열시요."

"그럼 이따 잠깐 보자. 길 건너에 맥도날드가 있던데,
그리로 와."

"무슨 일로……"

"뭐? 그래도 한집에서 일년 가까이 살았는데 안부가 궁
금하지도 않냐? 잔말 말고 나와."

대답할 틈도 주지 않고 언니가 자리를 떴다. 야밤에 맥

도날드에서 만나 무슨 이야기를 하자는 건지, 왜 다들 자기 말만 하고 사라지는지 짜증이 났다. 하고많은 치킨집 중에 왜 하필 여기로 와서 머릿속을 들쑤시는지 참으로 고약한 인연이다.

자기의 강적은 월요일이라면서 치킨홍이 오늘은 일찍 문을 닫겠다고 했다. 스무살이 되던 해 생긴 월요병을 끝내 치료하지 못했다나. 내가 밤 열시에 퇴근하면 치킨홍은 보통 새벽 한시까지 영업한다. 고고치킨 주변에 술집이 많은데 자정 무렵이면 그쪽에서 배달 전화가 걸려오기 때문이다. 술집 아가씨들이 손님들을 부추겨 자주 치킨을 배달시켜 먹는다고 했다. 하긴, 한밤중에 먹는 치킨이 맛있긴 하다. 오늘은 내 생각대로 흘러가지 않는다. 하기야 언제는 일상이 내가 원하는 대로 굴러갔나. 손님이 북적대면 그 핑계를 앞세워 선양 언니의 일방적인 약속을 뿌리치려고 했다. 근데 오늘따라 배달 전화도 손님도 뜸했다. 게다가 치킨홍이 월요병에 걸려 일찍 간판 불을 꺼야한다. 약속장소에 나가지 말까, 잠시 망설였는데 그랬다간 내일 당장 쫓아올 것이다. 상상만 해도 얼굴이 화끈거린다. 내가 고고치킨에서 일하는 걸 알았으니 아무 때고 찾아올 텐데, 아, 진짜 성질난다. 너덜너덜한 집안 사정을 서로 훤히 알고 있으니까 사생활 존중 차원에서 모른 척 외면해주면 어디가 덧나나. 한집에서 살았을 때 살갑게 지낸 사이도 아닌데 왜 오라 가라 하며 관심을 보이느냔 말이다. 나는 한숨을 푹푹 내쉬면서 어둠 속을 터덜터덜 걸어갔다.

8

24시간 영업하는 패스트푸드점에 들어서자 선양 언니가 바로 눈에 띄었다. 흰색 패딩을 입은 모습이 흐물흐물 녹아내리고 있는 눈사람 같았다. 실내에는 졸음의 기운이 아지랑이처럼 감돌고 있었다. 휴대전화를 만지작거리거나, 하품을 하거나, 아예 엎드려 자는 사람들…… 들어갈

집이 없으면 여기서 자다 깨다 하며 새날을 맞는 사람도 있을 것이다. 졸업하기 전에, 24시간 영업하는 편의점이나 패스트푸드점에서 밤새 노닥거리다가 아침이 밝으면 그대로 등교해보자고 친구들과 약속했던 기억이 났다. 그게 아득한 옛일처럼 느껴져 이 순간이 더욱 쓸쓸하다.

허전한 마음으로 언니 앞에 섰다. 그새 녹아서 홀쭉해진 눈사람이 "나는 됐고, 너 먹고 싶은 거 시켜" 하면서 신용카드를 건넸다. 언니 앞에는 큼직한 커피 잔이 놓여 있었다. 벌써 반이나 마셨다. 어디서 또 술을 마셨는지 언니의 둥그스름한 얼굴이 술기운으로 촉촉했다. 언니가 진짜 눈사람이라면 그 곁에 앉아 징글벨을 부르고 싶다. 그러다 빨간 꽃사슴이 나타나면 마차를 타고 산타클로스를 찾으러 가야지. 눈이 수북하게 쌓인 길을 걷듯 발바닥에 꾹꾹 힘을 주면서 카운터로 다가갔다. 두툼한 햄버거 세트를 먹고 싶었지만 그냥 핫초코만 주문했다.

"너, 그렇게 사라지고 우리 아빠가 얼마나 걱정했는지 아냐? 전화는 왜 안 받아. 나중에 너희 엄마를 어떻게 보느냐며 우리 아빠가 애를 태우더라고. 지금 남의 자식 걱정할 땐가."

언니가 비웃음을 흘린다. 그날 새벽 어떤 흔적도 남기지 않고 뛰쳐나온 나의 심정을 어떻게 설명해야 할지 모르겠다. 시르죽은 표정으로 미안한 마음을 전할 뿐인데 언니가 그 속을 헤아릴 수 있을까. 딱 붙어버린 내 입에 머그잔을 댔다. 핫초코가 달달하면서도 쓰다.

"아주머니랑 오빠는 어디에 있어요? 또와 아저씨는요?"

뜨거운 핫초코를 호호 불어 마시고서 언니의 눈치를 살피며 겨우 꺼낸 말이다.

"또와 아저씨? 우리 아빠 말하는 거야? 왜 우리 아빠가 또와 아저씨야? 아, 간판 이름이 '또와'라서?"

갑자기 언니가 깔깔깔 웃는다. 웃음은 만병통치약이라더니, 언니의 얼굴이 이내 밝아진다.

"그 또와 아저씨가 또 올란가 모르겠다."

언니가 다시 시무룩한 얼굴을 하고는 두 손으로 머그잔을 움켜쥐었다.

"커피가 다 식어버렸네."

푸념 같은 언니의 말이 내 귀에는 마음이 차가워졌다는 뜻으로 들린다.

"우리는 또와 아저씨의 명령대로 보따리를 쌌어. 항복을 선언한 대장이 그게 최선의 방법이라는데 어쩔 거야. 뿔뿔이 흩어지는 거 순식간이더라. 너도 그날 들었지. 집도 가게도 남의 손에 넘어갔고, 곧 빚쟁이들이 몰려들 거라는. 국위는 어디로 갔는지 감감무소식이다. 당연히 공부는 접었을 거야. 누가 돈을 대줘야 공부 사치를 부리지. 우리 부모는 쌍으로 움직일 테니까 걱정 안 해. 함께 있으면 외로움도 절망도 반으로 줄어들 테니까."

조용한 청취자가 필요했다면 나를 잘 골랐다. 가정 붕괴의 내막을 나만큼 속속들이 알고 있는 사람은 없을 테니 말이다. 또와 아저씨 집에서 살 때 이따금 언니의 옷을 빌려 입은 보답으로 나는 두 귀를 활짝 열어놨다.

"나도 부랴부랴 살길을 찾았지. 서른이라는 내 나이가 처음으로 믿음직스럽게 느껴졌어. 마음만 먹으면 어디든

갈 수 있는 나이잖아. 근데 말야, 아무래도 내가 계획적인 수법에 걸려든 것 같아…… 지난주에 백세요양원에서 전화가 걸려왔어. 내 이름을 확인하더니 조만섭 환자에 대해 상의할 일이 있다는 거야. 처음엔 그게 누군가 했는데 우리 할아버지더라. 할아버지를 요양원에 모신 게 그제야 생각나더라고. 근데 간호사가 뭐라는 줄 알아? 입원비가 미납됐대. 며느님이 병원에 오지 않고 전화도 안 받는다나? 당연하지, 도망갔으니까."

언니의 목소리에 뾰족뾰족 가시가 돋았다. 근데 무슨 계획적인 수법에 걸려들었다는 건지.

"우리 부모가 내 이름과 전화번호를 요양원에 알려준 이유가 뭐겠어."

나는 그새 미지근해진 핫초코로 목을 축였다. 비릿한 냄새가 났다. 끝이 보이지 않는 언니의 한탄을 듣고 있기가 점점 지겨워진다.

"당분간 치매 노인을 책임져달라는 거지. 입원비까지도 말이야."

"설마요······"

"설마가 사람 잡는 거 몰라? 형편상 자기들이 보살필 수 없으니까 나한테 떠넘긴 거야. 마음이 약해빠진 나를 이용하는 거라구. 요즘 요양원에서 문자가 수시로 날아와. 미납요금 빨리 해결하라고. 그러니 내가 술을 안 마시고 배겨? 근데 우리 부모가 하나는 알고 둘은 몰라. 마음이 약하고 순한 지렁이도 밟히면 꿈틀한다는 사실. 아무리 부모라도 이런 식이면 곤란하지."

선양 언니가 우스꽝스럽게 눈을 치뜨면서 진저리치듯 몸을 흔들었다. 누군가에게 밟혀 꿈틀거리는 지렁이처럼. 다음 주부터 보습학원에서 일한다는 둥 친구네 투룸에서 월세 일부를 부담하고 살기로 했다는 둥 피도 눈물도 없는 게 가족이라는 둥 돈이 많은 남자를 만나서 한국을 영영 뜨고 싶다는 둥, 언니는 두서없이 말을 쏟아냈다. 실내에 흐르는 처연한 선율이 언니의 신세 한탄에 장단을 맞춰준다. 말을 많이 하면 술이 깬다던데 언니는 그 반대인 모양인지 발음이 점점 부정확해졌다. 얼굴도 발갛게 달아

올랐다. 시원한 물을 가져다줄까 물었더니, 삶이 우리를 속일지라도 고등학교 졸업장은 반드시 따야 한다며 눈을 게슴츠레 떴다. 그 말은 또와 아저씨가 내게 건넨 마지막 당부이기도 하다.

"너희 엄마도 그렇고 우리 부모도 그렇고, 어째 다들 새끼들을 놔두고 없어지냐? 호랑이가 나타나 떡 하나 주면 안 잡아먹지, 하면 어쩌려고?"

9

엄마, 또와 아저씨 집이 망했대. 곧 빚쟁이들이 쳐들어온다고 각자 알아서 떠나래. 엄마, 나는 어디로 가? 왜 전화를 안 받아? 무서워 죽겠어. 빨리 연락 좀 해줘.

식구들 몰래 집을 나왔어. 갈 곳이 없어서 공원 벤치에 앉아 있어. 지금 새벽 여섯시 십삼분이야. 되게 추워. 엄마, 나한

테 왜 이래? 내가 뭐 잘못한 거 있어? 그동안 꾹꾹 참고 있다
가 뒤통수치는 거야? 진짜 어이없다. 엄마는 미친 여자야.

함부로 말해서 미안해. 겁이 나서 그랬어. 가슴속에 무슨 불
기둥이 있는 것 같아. 몸이 뜨거워. 너무 추워서 우주찜질방에
들어왔어. 하룻밤 자는 데 칠천원이야. 진짜 우주로 가는 비용
이 이렇게 싸다면 얼마나 좋을까. 사실 빈털터리라는 말은 거
짓말이야. 그동안 엄마가 보내준 돈을 모았어. 안 쓰고, 안 먹
고, 안 놀면서. 엄마, 우리의 약속을 잊었어? 크리스마스, 또
새해 첫날에는 찜질방에서 자기로 했잖아. 내 친구들은 가족
이랑 해외여행도 자주 가던데 왜 나는 엄마랑 일년에 두번 찜
질방도 못 갈까. 안 먹고, 안 쓰고, 안 노는데도 우리는 왜 이
렇게 가난할까.

별로 먹은 것도 없는데 체해서 밤새 토하고 설사했어. 식은땀
이 비 오듯 쏟아져. 발은 시린데 얼굴은 뜨거워. 입안이 너무 써.

나, 자퇴했어. 수업료를 안 내고 다니려니까 너무 부끄러워서. 공짜로 수돗물을 쓰고, 공짜로 의자에 앉고, 공짜로 운동장을 밟는 거잖아. 나랑 같이 자퇴서를 낸 애가 있는데 유학파야. 걔가 자퇴한다니까 교장, 교감 선생님까지 나서서 말리더라. 당연히 걔는 설득당하지 않았어. 물론 걔는 나랑 차원이 다른 이유로 학교를 관뒀어. 담임선생님이 수업료 때문이면 방법을 찾아보자고 했어. 너는 글솜씨가 좋다고, 글만 잘 써도 대학에 갈 수 있다고, 나를 계속 타일렀어. 엄마 전화번호를 물어보길래 그냥 솔직히 말했어. 엄마가 사라졌다고, 벌써 일 년이 다 되어간다고.

가다가 넘어져 발이 삐거나, 지갑을 잃어버리거나, 죽어라 일했는데 월급을 받지 못하거나, 허리디스크가 재발했거나, 어딜 가도 따돌림당하면 나 때문인 줄 알아. 내가 날마다 저주를 퍼붓고 있으니까.

엄마, 오늘 집을 구했어. 게다가 독채야. 시내버스 23번 종점에서 내리면 바로 집이 보여. 나무들이 감싸고 있어서 숲속의 오두막 같아. 방도 두개나 있어. 아침이면 새들이 깨워주고, 밤이면 바람이 나를 다독여줘. 우리가 살던 임대아파트보다 훨씬 좋아. 우리 이제 함께 살자. 월세는 내가 책임질게. 그러니까 얼른 돌아와, 응? 시내버스 23번 종점에서 전화하면 바로 나갈게.

집 앞에서 시내버스를 기다리며 그동안 엄마한테 보낸 문자메시지를 읽어봤다. 처음에는 답답한 마음에 문자를 보내다가 어느 순간 일기를 쓰듯 글자를 찍었다. 그러면 불안감이 좀 가셨다. "엄마 어디야?" "빨리 연락해줘." 이런 토막글까지 합하면 엄마한테 보낸 문자가 수백통은 될 것이다. 처음에는 엄마의 카톡에도 글을 남겼는데 이제는 문자메시지만 보낸다. 카톡은 숫자 '1'의 존재 여부에 따라 읽었는지, 읽지 않았는지 확인할 수 있으나 문자메시지는 그렇지 않다. 요즘 새로 출시되는 휴대전화의 문자메시지도 그런 기능이 있는 모양인데 엄마의 휴대전화는

오래된 기종이었다. 하루가, 또 이틀이 지나도 카톡에 '1'
이 떠 있으면 읽지 않았다는 게 확실하므로 더욱 불안해
진다. 내 눈에는 그 표시가 나를 완강히 거부하는 증거로
보인다. 반면에 문자메시지는 읽었는지, 읽지 않았는지 알
수 없으니까 이해의 틈이 생긴다. 제대로 전송되지 않았
나, 바빠서 나중에 읽어야지 하다가 잊어버린 걸까, 메시
지 기능에 문제가 생긴 줄도 모르고 돌아다니나…… 어떻
게든 엄마를 이해해보려는 이런 발버둥. 전송만 됐지 답
장을 받지 못한 문자들은 지금까지도 열기를 품고 있다.
간절하고, 분하고, 서글프고, 두려운 감정들. 처음에는 답
장을 곧잘 해주더니 어느 때부턴가 애타게 불러도 대답이
없다. 읽기나 하는지 모르겠다. 문자로도 소통이 되지 않
으니까 아무리 올려다봐도 끝이 보이지 않는 벽이 우리
사이에 세워진 듯하다. 하지만 나만이라도 그 벽을 아득
바득 기어올라야 한다. 그렇지 않으면 시간의 물살을 타
면서 나도 모르게 마음이 무뎌져 엄마가 잊힐 수도 있을
것 같으니까.

10

생각을 바꾸자고 결론 내린 욕실이 역시 문제였다. 아무리 마음을 좋게 먹어도 대할 때마다 짜증이 났다. 욕실 출입을 가급적 줄였지만 그래도 하루에 서너번은 들락거려야 했다. 낮에는 괜찮은데 고고치킨에서 돌아와 한밤중에 수건과 비누를 들고 욕실로 가려면 께름칙했다. 언제부턴가 밤이면 나무들이 힘겹게 숨을 고르고 있는 병자처럼 느껴졌다. 나무들은 첫인상과는 달리 우중충하고 음습한 표정을 짓고 있어서 눈길이 잘 가지 않았다. 욕실은 창고처럼 보이는 공간과 딱 붙어 있었다. 욕실의 스위치를 눌러 불이 들어오면 화들짝 놀랐다. 매번 그랬다. 얼른 샤워를 끝내자고 허둥지둥 움직이다보면 어디선가 이상한 소리가 흘러들어왔다. 수도꼭지를 잠그고 가만히 귀를 기울여보면 그건 뭔가를 끄집어내고, 손바닥으로 툭툭 두드리고, 그릇 같은 것이 부딪치는 소리였다. 무슨 곡소리 같은 흐느낌이 들리기도 했다.

안채는 밤낮 정적에 휩싸여 있다. 웃거나 떠들거나 화를 내거나 먹는 소리가 들리지 않는다. 처음에는 이 고요가 짓무른 내 마음을 어루만져줬다. 하지만 고요도 지나치니까 위협적으로 느껴졌다. 얼마 전 온라인서점에 책을 주문해봤다. 이 동네, 아니 숲속의 오두막이 행정구역에 속해 있는지 알고 싶어서였다. 과연 내가 입력한 주소로 택배기사가 찾아올까.

"택배입니다. 댁이 어디죠?"

어느 누구라도 찾아올 수 있는 주소였다. 안심이 됐다. 택배기사에게 위치를 말하자 남전연립은 알겠는데 그쪽에도 집이 있느냐며 의아해했다.

"나무들이 우거져 있어서 버려진 땅인 줄 알았는데……
집이 감쪽같이 숨어 있었네요."

택배기사가 도심에 불쑥 나타난 산짐승을 발견한 표정으로 집을 훑어봤다. 온라인서점에서 구입한 책은 두권이었다. 히스테리에 관한 도서와 온라인서점의 편집장이 추

천한 사진집이었다. 사진집은 중고도서라서 반값에 구입
했다. 근데 책이 총 세권이었다. 주문하지도 않은 헤르만
헤세의 『데미안』이 끼어 있었다. 헤르만 헤세가 비스듬히
앉아 어딘가를 응시하고 있는 표지였다. 잘못 배달된 책
을 어떻게 돌려줄까 생각하며 책장을 열었더니 완전 백지
였다. 거래명세서에 '세계명작 시리즈 홍보 노트'라고 적
혀 있었다. 하얀 벌판 같은 노트에 내 발자국을 남기고 싶
은 충동이 일었다.

　오후 한시가 조금 넘은 시간이다. 작은 숲속은 오늘도
적막하다. 주인아주머니와 딸들이 집에 있는지 없는지도
잘 모르겠다. 말소리는 물론 하다못해 문을 여닫는 소리
조차 들리지 않는다. 그녀들은 수시로 어딘가를 다녀왔
다. 처음에는 집안 행사가 있거나 여행을 떠나는 거라고
생각했다. 캐리어 끄는 소리가 들릴 때마다 부러웠고, 삼
총사처럼 항상 붙어다니는 모습을 보면 시샘이 났다. 그
러다 삼총사의 행보에 점점 의심이 들기 시작했다. 어떤
목적이 있는 외출이 아니라 기분 내키는 대로, 발길 닿는

대로 돌아다니는 것 같았기 때문이다. 물론 의심의 근거가 있다. 며칠 전 어디로 놀러 간 줄 알았던 안채의 여자들을 횡단보도에서 봤다. 때마침 나를 태운 시내버스가 신호등 앞에 멈춰 있어서 목격한 것이다. 어쩐 일인지 보행신호가 켜졌는데도 삼총사는 건너지 않았다. 엉덩이까지 내려오는 점퍼를 유니폼처럼 입고서 멍하니 서 있었다. 삼총사 앞에 놓여 있는 빨간 캐리어가 이상하게 번쩍거렸다. 또 한번은 평안탕에서 목욕을 하고 나오다가 마주쳤다. 이른 아침이었다. 역시나 빨간 캐리어를 끌고 나타난 삼총사는 무슨 외계인 같았다. 정면으로 마주친 바람에 외면할 수 없어서 내가 먼저 알은체했더니 소리 소문없이 자취를 감추려다가 들킨 여자들처럼 주변을 살폈다. 며칠 전에는 어수선한 소리가 문밖에서 들렸다. 고고치킨에서 일을 끝내고 막 귀가한 참이었다. 돗자리를 챙겼느냐, 운동화를 신어라, 보리쌀도 담아라…… 오랜만에 들어보는 말소리가 정겨웠다. 잠시 후 캐리어를 끄는 소리가 다소 거칠게 들려왔다. 누가 신경질을 내는 것 같았다. 한밤중에 어디론가 떠난 삼총사는 사흘이 지나도 돌아오지 않았다.

생각해보면 그녀들의 외출은 주로 이른 새벽이나 밤에 행해졌다. 어둠이 내리면 몸에 날개가 돋아 필히 날아야 하는 여자들처럼 말이다. 나보다 대여섯살쯤 많아 보이는 자매도 의문덩어리다. 분명히 직장생활을 하고 있지 않다. 그러지 않고서야 어떻게 매일 엄마랑 붙어다니나. 휴학생이거나 아니면 나처럼 자퇴생인가? 희한한 점은 이것뿐만이 아니다. 숲속의 오두막은 밤 열한시가 넘어서야 해가 진다. 누가 들으면 정신 나간 소리라고 면박을 주겠지만 사실이다. 밤늦게 23번 시내버스에서 내리면 작은 숲속은 그때야 희붐하게 해가 지고 있다. 빛이 사그라지면서 어둠이 움틀 채비를 하는 오묘한 색채가 나를 주춤거리게 만든다. 그리고 새벽 두시쯤이면 달빛이 둥지의 새알을 노리는 구렁이처럼 내 방에 기어든다. 잠결에 서늘한 감촉이 느껴져 눈을 뜨면 달빛이 어깨나 허벅지를 휘감고 있다. 벌떡 일어나 몸을 털어대다가 무심코 창밖

을 내다보면 하얀 달이 나를 노려보고 있는 듯한 느낌이
든다. 그것이 어느 순간 박쥐나 부엉이로 변해 날아들 것
같아 얼른 문을 닫아버린다.

11

트럭이 거친 숨소리를 내며 멈춘다. 운전석의 문이 열
리고 낯익은 얼굴이 플라스틱 상자를 주방으로 나른다.
그의 관자놀이에 땀이 방울방울 맺혀 있다.

"후라이드 파우더가 없네요?"

아랫배를 살살 문지르며 거래명세서를 훑어보던 치킨
홍이 물었다. 주방에 물건을 들여놓고 나가려던 배달사원
이 "후라이드 파우더요?" 하면서 다소 귀찮은 표정으로
돌아선다.

"내가 어젯밤에 분명히 후라이드 파우더 주문했는데
······ 여기 쓰여 있잖아요."

치킨홍이 노트북을 열어 주문 명세표를 보여줬다. 화면에 닭 30마리, 천연양념 1개, 치킨 무 30개, 후라이드 파우더 1개, 어묵 3개, 닭똥집 등이 떠올라 있다. 배달사원이 떨떠름한 목소리로 다시 가져다주겠다고 말한다.

"우리 집이 마지막 코스라면서요. 그냥 내일 갖고 와요. 요새는 어째 툭하면 재료를 빼먹어. 재료비도 꼬박꼬박 송금하는데."

듣는 둥 마는 둥 나가는 남자의 등에 대고 치킨홍이 투덜댄다.

"후라이드 치킨에 쓰는 파우더는 달라요?"

"후춧가루를 첨가한 후라이드용 파우더가 따로 있어. 배달사원이 바뀌었는데 언제 봐도 죽상이야. 전에 일하던 남자는 얼마나 싹싹했는데. 그 사람은 음료수 한잔이라도 꼭 먹여 보냈어. 아까 걔는 물 한잔도 주기 싫어."

치킨홍이 입을 삐죽거리면서 재료를 주섬주섬 꺼낸다. 나는 단단히 밀봉되어 있는 치킨 무를 냉장고에 차곡차곡 쌓았다. 천연양념과 어묵, 닭똥집은 재료만 넣어두는 대형 냉장고로 옮겼다. 은회색 영업용 대형 냉장고는 주방의 대들보 같다. 몸통은 정확히 사등분으로 나뉘어 있고 문짝도 네개다. 덩치가 큰 냉장고 앞에 쭈그리고 앉아 냉기가 확확 풍기는 안을 들여다보고 있으면 그곳이 마치 따뜻한 항구로 향하는 터널 같아 두 발이 움찔거린다.

나는 커다란 비닐에 담긴 생닭을 힘껏 들어올려 개수대에 쏟았다. 한마리씩 포장한 생닭이 수북하다. 신선도를 유지하기 위해 채워 넣은 얼음 때문에 요구르트 빛깔의 생닭들이 꽁꽁 얼어 있다. 나는 싱크대 밑에서 탑처럼 쌓아놓은 파란색 소쿠리를 꺼냈다.

"벌써 닭 작업하게? 좀 쉬었다 하자. 엊저녁에 먹다 남은 수제비를 버리기가 아까워서 억지로 욱여넣었더니 탈이 났나봐."

치킨홍이 배를 문지르며 코끝을 찡그린다.

"천천히 하고 있을 테니까 쉬세요. 혼자서 쉬엄쉬엄 해도 되고요."

"아란씨는 일을 금방 배우더라. 몸놀림도 빠르고. 두 사람 몫은 거뜬히 해. 쉬면 뭐해, 몸만 더 늘어지지. 일찌감 치 장사 준비나 해야겠다."

나는 닭의 누런 기름 덩어리를 떼고 소쿠리에 담았다. 생닭의 미끌미끌한 촉감은 언제라도 이물스럽다. 고고치 킨에서 '닭 작업'은 장사 준비의 핵심이다. 우선 열두조각 으로 잘려 배달된 생닭을 파란색 소쿠리에 쏟는다. 그리 고 목, 다리, 가슴에 붙어 있는 기름을 떼어낸다. 핏덩어리 처럼 박힌 허파와 간도 말끔히 없앤다. 치킨홍은 닭다리 손질에 심혈을 기울인다. 오동통한 다리를 한손에 올려놓 고 가운데 부분을 가위로 쭉 갈라서 양쪽의 허연 심줄을 끊으면 된다. 가르는 길이를 잘 조절해야 튀겨놨을 때 먹 음직스럽게 보인다면서 치킨홍이 매번 정성을 들이는 단 계다. 이렇게 시각적인 면까지 고려해서 손질한 닭은 작 은 소쿠리에 한마리씩 담긴다. 작업이 끝나면 보통 서른 개의 소쿠리가 대형 냉장고 안에 쌓인다.

"양보야, 이리 와서 냉장고에 콜라 좀 넣어."

치킨홍이 밖에 대고 소리친다. 양보는 스무살인데 외모

는 열세 살 초등학생 같다. 그를 오빠라고 불렀다간 나이를 속인 게 들통 나니까 나는 그냥 연상인 척한다. 치킨홍이 시킨 일을 재빠르게 해치우고서 양보가 뒷마당으로 나갔다. 주방과 이어진 뒷마당은 배달용 오토바이와 경차를 세워두는 곳이다. 왼쪽에는 널따란 수돗가와 튼튼한 빨랫줄이, 오른쪽에는 온갖 잡동사니를 넣어두는 창고가 자리잡고 있다. 그 뒷마당과 잇닿은 시멘트 도로는 어떤 목적지의 지름길이기도 해서 승용차들이 심심찮게 오간다. 수돗물이 콸콸 나오는 뒷마당에서 치킨홍은 엉덩이를 들썩이며 빨래를 하거나 배추를 다듬곤 했다.

"양보는 오토바이 면허증 없어요?"

치킨홍이 하품을 하면서 고개를 끄덕인다.

"자전거 타는 거 보면 오토바이도 거뜬히 몰겠던데요."

"안 따는 게 아니라 못 따는 거야. 못 느꼈어?"

치킨홍이 손가락으로 자기 머리를 가리키며 "지적장애 삼급이야"라고 말했다. 아하, 어딘지 모르게 비어 있는 듯한 느낌의 정체가 바로 그거였구나. 유달리 짙은 눈썹에

앵무새 같은 눈, 어깨를 살짝 들어올린 자세로 오락가락할 때마다 보이는 이상한 몸짓들. 나는 고개를 뒤로 젖혀 뒷마당을 내다봤다.

"양보 또 자전거 만지작거리고 있지? 쟤는 틈만 나면 저래. 공구까지 챙겨 들고 다니면서 아무 데나 자전거를 세워놓고 뜯고 조이고. 어떤 날은 갑자기 새벽에 일어나서 자전거를 끌고 나가. 몽유병 환자처럼."

햇살이 흥건한 자리에 자전거를 세워놓고서 양보가 '오늘은 어디를 매만져줘야 좋아할까' 하는 표정으로 골똘히 쳐다보고 있다. 펜치로 자전거 여기저기를 톡톡 두드리는 소리가 영롱하게 들린다.

화장실 입구에 붙여놓은 도시의 지도를 보면 고고치킨은 이름도 다양한 아파트에 완전히 둘러싸여 있다. 밤낮 치장에 여념 없는 동네가 이웃해 있기도 하다. 개발의 꽃바람이 불어오는 동네에 뿌리를 내려서 돈벌이가 괜찮을 것 같았는데 그렇지도 않은 모양이었다. 눈만 뜨면 치킨집이 새로 생기는데다, 치킨 두마리를 한마리 값에 주겠다고 홍보하는 가게도 있는 터라 적자만 면해도 감지덕지라고 했다.

　고고치킨에 면접을 보러 왔던 날, 동네가 몰라보게 변해서 깜짝 놀랐다. 개발의 붐이 일어 환골탈태했다는 소문이야 들었지만 이 정도인 줄은 몰랐다. 고고치킨 주변에는 유독 바(bar)가 흔했다. 첼시, 피아노, 시크릿, 여우사냥, 버드, 피앙새…… 하지만 유흥가 특유의 흥청망청한 분위기는 아니었다. 고고치킨을 중심으로 원룸도 많았다. 이름만 달랐지, 생김새는 엇비슷한 원룸이 다닥다닥 붙어 있어서 어디가 어딘지 좀 헷갈렸다. 그러니 어리뜩한 양보가 원룸으로 배달만 가면 헤매는 것이다. 고고치킨이 자리한 동네는 색깔이 불분명했다. 고등학교와 원룸촌과 단독주택가가 어울려 있어서 점잖은 주택가처럼 보이기도 하고, 횟집이며 술집이 적잖아 유흥 밀집지역 같기도 하고, 날만 새면 포클레인으로 땅을 갈아엎어서 재개발구역으로 비치기도 한다.

　웬일로 일기예보가 맞아떨어져서 닭 작업을 마치고 나

니 보슬비가 내렸다. 빗방울이 속도감 있게 떨어진다. 요즘은 가을비가 잦다. 덩달아 기온까지 떨어져 몸이 차갑고 습하다. 하긴 차갑고 습한 몸이 어디 기온 탓이기만 할까. 가을비보다 세차게 내리는, 엄마가 쏟아내는 무관심이라는 장대비가 더 큰 원인이다.

12

"조선왕조실록에 의하면 청나라 태종이 해마다 홍시 삼만개를 달라고 요구했다고 해요. 당시 만주에서는 감나무를 키우기가 힘들었대요. 홍시를 맛본 적이 없었던 청나라 태종과 고위 관리들이 부드럽고 달착지근한 맛에 중독된 거죠. 자, 청나라 임금까지 사로잡은 주인공을 만나볼까요?"

홍시 빛깔의 점퍼를 입은 리포터가 어디론가 깡충깡충 뛰어간다. 눈으로 좇아가보니 동네 사람들이 모여 감나무에 주렁주렁 매달린 감을 기다란 장대로 따고 있다. 텔레비전 화면이 온통 붉다.

"우리사 산에 단풍이 들었다 캐도 돌아볼 짬이나 있나. 가을에는 감 딸라고 정신이 없거든. 아무 손이나 다 빌리야지, 뭐."

"청도에서 감이 잘되는 것은 토질 덕분입니더. 청도는 산도 돌도 많아요. 밭가의 울타리도 돌로 둘렀고, 집 담장 역시 돌담이라요. 그러니 물이 잘 빠지겠제. 감나무는 물을 싫어해서 물기가 많은 곳에서는 기를 못 피니까네."

머리가 허연 노인과 툭박지게 생긴 여자가 청도의 명물이라는 감을 자랑하기 바쁘다. 일손이 턱없이 부족해 온종일 감을 따고 나면 파김치가 된단다. 지팡이나 유아차에 의지해서 걷는 노인들은 그저 눈과 입으로만 감을 따고 있다. 이즈음의 주말이면 대구와 부산 등지에 사는 자식들이 감을 따러 온단다. 청도의 가을은 그런 효자 효녀들로 붉게 익어간다면서 리포터가 활짝 웃었다.

고고치킨이 한산해지면 자연히 텔레비전으로 시선이

가는데 하필 고향 소식을 알려주는 프로에서 감을 소개하고 있었다. 자식들을 효자 효녀로 만들어주고, 서로에게 애정이라는 단물을 스며들게 해주는 감이 내게는 화를 돋우는 불쏘시개나 진배없다.

엄마는 감, 특히 홍시를 무척 좋아했다. 나는 나이를 먹으니까 입맛이 바뀌던데 엄마의 홍시 사랑은 한결같았다. 우리 집 냉장고에는 김치보다 홍시가 더 많았다. 홍시를 먹을 때 엄마의 얼굴은 행복으로 물들었다. 되직한 액체가 입으로 들어감과 동시에 눈이 감기면서 머리를 옆으로 살랑살랑 흔들었다. 홍시는 두 입이면 없어졌다. 내가 "홍시가 그렇게 맛있어?"라고 물으면 여러 말이 필요 없다는 듯 눈을 꾹 감았다 떴다. 엄마는 그깟 홍시를 종합영양제처럼 챙겨 먹었다. 순전히 홍시를 주문하기 위해 컴퓨터를 배우기도 했다. 청도영농조합이 단골가게였다. 이곳에서 운영하는 사이트의 골드회원이었는데 상품평까지 꼬박꼬박 남겨 조생귤이나 머루포도를 덤으로 받기도 했다. 가을이 찾아오면 엄마는 청도영농조합에서 대봉감을 잔

뚝 샀다. 납작한 반시보다 가격이 비쌌지만 개의치 않았
다. 둥근 삼각형 모양의 대봉감을 달달한 홍시로 만들 때
만 나는 엄마의 콧노래를 들을 수 있었다. 대봉감을 빨리,
맛있게 익히는 방법도 알았다. 단단한 박스와 소주, 비닐,
짚을 이용하는 것이 노하우였다. 나는 대봉이든 단감이든
홍시든 곶감이든 먹으면 속이 더부룩하고 꼭 된똥을 쌌다.

엄마와 내가 마지막으로 갔던 곳은 '해 뜨는 마을'이었
다. 그해 여름이 끝날 무렵 오픈한 마트였다. 내 마음속의
해가 속절없이 이우는 줄도 모르고 엄마는 반들반들한 홍
시를 이만원어치나 샀다. 한보따리였다.

"이걸 또 와 아저씨 집에 가져가라고?"

"그럼 빈손으로 가? 아무리 받을 돈이 있어도 예의는
차려야지."

엄마가 태평한 얼굴로 홍시를 내게 안겨주더니 자기가
먹을 것도 샀다. 언제 만난다는 기약도 없이 헤어지는데
지금 홍시나 챙기고 있을 때냐고 내가 발끈했다. 엄마가
뭘 잘못 먹어 머리가 돌아버린 것 같았다. 얼떨결에 받은

홍시가 너무 무거웠다. 그동안 엄마한테 순종하면서 착실하게 살아온 대가가 고작 홍시 같아 엉엉 울고 싶었다.

"넉넉히 샀으니까 너도 꼭 챙겨 먹어. 이게 보약이다 생각하고 공부하다가 지치면 홍시 사 먹어. 알았지? 그리고 또와 아저씨 집에 가서 절대 눈치 보지 마. 너는 채권자니까 꿀릴 필요 없어."

"채권자?"

"돈을 빌려준 사람."

"엄마만 그렇게 생각하면 뭐해. 그 집 식구들한테 나는 식충이, 아니 처치 곤란한 쓰레기일 텐데."

"입으로 오두방정을 떠네. 또와 아저씨 그런 사람 아냐. 넌 그저 잘 먹고, 잘 싸고, 잘 자면 돼. 또와 아저씨가 각서도 써줬어. 보여줘?"

"각서는 또 뭐야. 꼭 팔려가는 것 같아, 씨."

내 마음 어디에도 해는 뜨지 않았고, 비닐봉지 안의 홍시가 방금 쏟아낸 한숨덩어리 같았다. 나는 그대로 주저앉아버렸다. 죽고 싶다는 생각밖에 들지 않았다.

아무리 절박한 상황이라도 엄마는 홍시만큼은 꼭 챙겨 먹을 것이다. 딸한테 보낼 돈은 없어도 홍시 사 먹을 돈은 꼬불쳐뒀겠지. 엄마는 어디서 뭘 먹고살까, 이런 걱정은 들지 않는다. 어느 집 마당에, 동네 어귀에, 거리의 리어카에, 마트에, 슈퍼에 홍시는 널려 있으니까. 몸의 신진대사를 도와 활력을 찾아준다는 홍시를 꾸준히 먹어 건강에 청신호가 켜졌을 엄마는 지금 이 시간 어디서 단잠을 자고 있을까.

13

안채의 누군가는 빵을 만들어 팔거나, 아니면 제과제빵사 자격증을 따기 위해 실기 연습에 몰두하고 있는 것 같다. 그날 나는 불현듯 잠에서 깼다. 바람 소리 때문이었다. 나무들의 거친 숨소리까지 더해져 잠기운이 싹 달아났다. 바람 소리는 점점 거세졌다. 방문을 열면 바람이 파도나

눈보라처럼 몰려와 나를 덮칠 것만 같았다. 어둠이 짓누르는 듯해서 얼른 불을 켰다. 순식간에 들어온 불빛도 사납기는 마찬가지여서 얼굴이 저절로 찌푸려졌다. 새벽 세시가 넘은 시간이었다.

막상 나가보니 바람이 잠잠했다. 까맣게 흐느적거리는 나무들은 언제 봐도 으스스했다. 너희들이 나를 괴롭혀봤자 바람이고, 나무이고, 형광등 불빛이지…… 이 집에 살려면 담력을 키워야 한다. 어깨를 짱짱하게 폈다. 웬일로 안채에 불이 켜져 있었다. 가까이 다가갈수록 빵 굽는 냄새가 솔솔 풍겼다. 누군가가 자그맣게 부는 휘파람 소리도 섞여 있었다. 분위기가 묘했다. 누구야! 하고 문이 확 열릴까봐 냉큼 자리를 떴다.

방문을 단단히 잠그고 다시 잠자리에 들었는데 휘파람 소리가 귓가에 맴돌았다. 어느 바닷가에 엄마와 딸이 살았다. 엄마는 갯벌에서 조개를 잡고 있었다. 썰물이 밀물로 바뀌고 날이 저물어도 돌아오지 않는 엄마, 애처롭게 우는 바닷가의 물새. 엄마가 어린 딸을 부르며 울다 새가 됐는지, 아니면 그 반대인지 가물가물한 이야기가 머릿속에 펼쳐졌다.

나는 지금 캄캄한 방에 누워 촉각을 곤두세우고 있다. 그날의 휘파람 소리가 또 문턱을 넘어왔기 때문이다. 가늘게 이어졌다 끊어지기를 반복하는 소리는 어떤 리듬을 타고 있는 듯하다. 나는 꼭 바람 때문에 잠을 설친다. 하늘을 가릴 듯 뻗어 있는 나무들이 바람을 막아줄 것 같은데 어떤 방해도 받지 않고 파고드는 느낌이다. 바람의 훼방으로 눈을 뜬 새벽이면 꼭 휘파람 소리가 들려왔다. 바람과 휘파람의 이중주는 언제 들어도 불쾌하다.

바람이 또 방문을 건드린다. 큰방에 딸린 문은 허름한 분식점의 미닫이문처럼 생겼다. 유리와 알루미늄새시를 어설프게 조합한, 열고 닫을 때 삐걱삐걱 소리가 들리는 후줄근한 문. 미닫이문의 잠금 레버는 허술해서 바람이 살짝 건드리기만 해도 발발 떤다. 새하얀 시트지를 유리에 빈틈없이 붙여서 다행히 노출될 염려는 없다. 내일이라도 당장 두꺼운 커튼을 구입해서 문을 가리고 싶은데 여윳돈이 없다. 이번 달에 월급을 타면 영화시장으로 달려가 커튼부터 장만할 참이다.

"누구세요?"

나는 몸을 발딱 일으키며 물었다. 힝힝거리는 바람 소리만 들린다. 분명 누가 문을 건드렸는데…… 얼핏 발소리를 들었던 것 같기도 하다. 이 시간에 누가 나를 찾겠어, 바람의 장난이겠지. 나는 애써 불안감을 다독인다. 방문이 또 몸을 떨어낸다. 잠자리에 들기 전에 문단속을 제대로 했는지 기억을 더듬어본다. 하긴, 단단히 잠갔어도 마음만 먹으면 이깟 문 하나 열지 못할까. 나무들이 거대한 방패처럼 집을 에워싸서, 또 대문도 없으니 누구든 잠입이 용이하다. 안채와 아래채 여자들이 모두 집을 비운 사이 범인이 유유히 들어와 어딘가에 숨었을지도 모른다. 곰곰 생각해보면 몸을 감출 곳도 많다. 밖에 있는 욕실이나 창고에 숨어 있으면서 바람이 불기를 기다리고 있는지도 모른다. 아까 그 노크가 첫번째 시도 아니었을까. 바람이 강하게 불 때 바깥에서 무슨 도구를 이용해 문을 열려다 실수로 손이 엇나가 노크한 것처럼 들린 소리. 섬뜩한 상상이 가지를 뻗는다. 나는 휴대전화에서 재빨리 엄마를 불러낸다. 위험한 순간이면 저절로 손이 뻗어지는, 본능적인 엄마 찾기다.

"아가씨."

누가 정수리를 톡톡 두드리는 느낌에 눈을 떠보니 햇살이 방 안 가득 퍼져 있었다. 싱그럽고 산뜻한 자연 조명이 머릿속까지 밝게 비춰준다. 그렇게 신경을 곤두세우고 있다가 어느 결에 잠이 들었을까. 모자와 마스크로 무장하고서 주방 쪽 출입문의 손잡이를 만지작거리는 검은 형체를 상상한 것까지는 기억이 난다. 잠은 좀체 찾아오지 않다가도 어느 순간 날쌔게 끼어들어서는 이성을 마비시켜 나를 바보로 만든다. 부족한 잠을 보충하려고 이불 속으로 파고드는데 "아가씨, 방에 없어요?"라는 소리가 분명히 들려온다. 주인아주머니다. 나는 재빨리 일어나 주방 쪽으로 걸어갔다. 문을 열자 주인아주머니가 팔짱을 낀 채 빙그레 웃고 있다. 오랜만에 보는 얼굴이다.

"우리 집에서 모닝커피 한잔해요."

주인아주머니가 거절할 틈도 주지 않고 돌아선다. 뜬금없는 초대에 가슴이 살짝 떨린다. 뜬금없이 모닝커피라니? 혹시 방을 비우라는 말을 하려는 게 아닐까. 그럼 다시 우주찜질방으로 가야 하나. 독채에 살다가 합숙 훈련장 같은 찜질방에서 어떻게 생활하지…… 나는 지레 겁을 먹고 주인아주머니의 뒤를 따라갔다. 바람 한점 없는 포근한 날씨. 밤에는 위협적인 얼굴로 괴롭히다가도 날이 새면 순한 양으로 돌변하는 바람의 이중적인 태도가 나를 겉돌게 만든다.

안채의 거실 식탁에 자매가 앉아 있었다. 나랑 눈이 마주치자 건성으로 머리를 숙인다. 얼굴은 딴판인데 상대방을 무시하는 듯한 냉랭한 표정은 비슷하다. 얼굴이 희고 머리가 흑발인 것도 닮았다. 자매는 공포영화에 등장하는 원한 맺힌 인형처럼 생겼다. 주인아주머니가 커피와 빵을 식탁에 올려놨다. 대학생은 으레 아메리카노를 즐겨 마실 거라 생각하고 준비한 모양인데 착각이다. 엄마는 커피를 마시면 가슴이 뛰는 체질이어서 사 먹지도 사다놓지도 않았다. 엄마의 커피 알레르기 증상 때문에 덩달아 나도 그 '검은 악마'를 멀리했다. 해바라기가 활짝 피어난 접시에 초코머핀과 소보로빵이 가득 담겨 있다.

"빵 먹어봐요. 우리 큰딸 솜씨예요. 제과제빵사 자격증이 있는 애니까 엉터리는 아닐 거예요."

내 예상이 적중했다. 큰딸이 밤마다 빵을 만든 모양이다. 자격증 운운하니까 쓸데없는 소리 하지 말라는 듯 큰딸이 제 엄마를 삐딱한 눈으로 쳐다본다. 나는 초코머핀을 집었다. 맛이 시금털털하다. 이런 실력으로 자격증을 땄다니. 그래도 나는 초코머핀에서 독특한 향기가 난다면서 너스레를 떨었다.

"나는 어쩌다 한번씩 미친 듯이 자요. 꿈도 꾸지 않고. 그러다 깨어나면 여기가 어딘지 현실 감각이 무뎌져서 어리둥절해요. 어제가 그날이었어. 얘, 내가 어제 몇시쯤 잠들었지? 오후 한시? 대체 몇시간을 잔 거야. 이렇게 늘어지게 자고 일어나면 죽다 살아난 기분이 들어."

주인아주머니가 소보로빵을 만지작거리며 독백하듯 중얼거렸다. 온기도 냉기도 스며들지 않은 거칠거칠한 얼굴이 누렇게 뭉개져 보인다. 순간 큰딸의 입가에 비웃음이 어린다. 사실 나는 아까부터 자매가 무슨 암호 같은 눈빛을 주고받는 것을 눈치채고 있었다.

"집이 되게 넓어요."

"우리 집이 넓다고?"

"나무들을 걷어내면 넓은 집이죠. 거기다 집 한채를 또 너끈히 지을 수 있을 정도로요."

"하긴, 넓었지. 집도, 하늘도, 땅도."

그녀가 혼잣말하듯 대꾸했다. "넓었지"라는 말이 쓸쓸하게 들린다. 왠지 동정이 가는 싸늘히 식은 목소리 때문에 주인아주머니와 나의 거리가 한뼘쯤 가까워진 듯하다.

"근데 집에 대문이 없으니까 께름칙해요."

나는 공연히 말이 하고 싶어서 또 먼저 말을 꺼냈다.

"우리 말고 누가 여길 드나든다고. 대문은 있으나 마나예요."

작은딸이 불쑥 나섰다.

"그걸 어떻게 장담해요. 대문이 없으니까 누가 다녀가
는지 아무도 모르죠."

우리의 다소 어색한 티타임은 안방에서 경망스러운 벨
소리가 울림과 동시에 멈췄다. 자매가 먼저 일어났다. 출
출할 때 먹으라며 주인아주머니가 내게 빵 접시를 건넸
다. 괜찮다고 손을 내저어도 막무가내였다. 잠기운이 가시
지 않은 주인아주머니의 얼굴은 비바람에 씻겨 윤곽이 흐
려진 목각인형 같았다.

14

엄마가 안겨준 심리적 고열을 내리는 방법 중 하나는
상상놀이를 해보는 것이다. 일종의 역할극에서 엄마는 반
평생 일개미로 살다 늘그막에 겨우 집을 장만하고는 별안
간 심장발작으로 사망한 여자다. 뙤약볕이 내리쬐는 공원

에서 잡초를 뽑다가 변을 당했다. 나는 망자의 딸이다. 방금 소나무가 우거진 산에 엄마를 묻었다. 숲속의 오두막에는 나무가 많으니 상상놀이의 배경으로 더할 나위 없다. 나는 장례를 마친 상주처럼 길을 나선다. 엄마를 산에 묻고 나니 허기가 진다. 살아생전 엄마가 좋아한 칼국수를 먹기로 한다.

'맷돌칼국수'에 들어가 홍합칼국수를 시켰다. 이내 음식이 나왔다. 우선 홍합의 탱탱한 살점을 떼어먹으며 껍데기를 빈 접시에 담았다. 차곡차곡 쌓이는 껍데기를 보니까 식욕이 살아난다. 겉절이를 곁들어 칼국수를 먹는 동안 아무 생각도 나지 않았다. '국물이 시원하다, 면도 쫄깃쫄깃하고, 겉절이가 일품이네!' 나는 속으로 탄성을 내지르며 칼국수를 달게 먹었다. 순간 어떤 방정맞은 손이 독상의 쾌락을 깬다. 흠칫 놀라 뒤돌아보니 걸음마를 겨우 익힌 사내아이가 내 치맛자락을 장난치듯 만지고 있었다. 그러거나 말거나 다시 밥상으로 눈을 돌린다. 어느새 칼국수를 다 먹었다. 엄마의 장례식을 떠올려본다.

나는 칼국수 그릇을 앞에 놓고 적막한 빈소에 앉아 있다 생각하며 상념에 잠겼다. '엄마가 임대아파트를 장만하자마자 숨을 거뒀다'는 문장을 머릿속에 새긴다. 사람은 내 집을 갖는 순간 죽음의 덫에 걸린다. 집과 운명은 하나로 연결되어 있다. 쉰아홉살에 집을 사면 쉰아홉에 병사하고, 예순다섯살에 집을 장만하면 꼭 그 나이에 숨을 거둔다. 근거는 없으나 나의 믿음은 확고하다. 나도 집에 대한 동경이 있었다. 하지만 엄마의 죽음이 동경을 환멸로 바꿔버렸다. 나에게 집은 먹어도 안 먹어도 그만인 패스트푸드나 다름없다.

숨이 끊어진 순간 체온이 40도였다던 엄마의 몸을 떠올린다. 땡볕에 달궈진 빈약한 노구, 엄마는 죽어서 불꽃이 되었다. 음식 값을 치르고 맷돌칼국수에서 나왔다. 상상놀이 종료. 하늘이 무너져도 솟아날 구멍이 있다는 속담은 비현실적이면서도 나를 끌어당기는 묘한 힘이 있다. 상상놀이라는 '솟아날 구멍'을 통해 나는 오늘을 견디게 해줄 공기를 폐부 깊숙이 들이마신다.

15

리처드 브랜슨: 버진그룹 창업자. 데이비드 카프: 텀블러 창업자. 쿠엔틴 타란티노: 할리우드 영화감독. 마이크 후댁: 페이스북 최고제품책임자. 정우성: 영화배우. 아만시오 오르테가: 자라(ZARA) 창업자…… 정우성 말고는 아는 사람이 없다. 텀블러랄지 페이스북, 자라는 친숙한 이름이다. 거대 그룹을 이끌고 있거나, 최고의 위치에 오른 인물들의 공통점은 고등학교를 중퇴했다는 사실이다. 십 대 시절에 학교를 등진 후 영화관에서 아르바이트를 하고, 보안업체에서 일하고, 슈퍼마켓에서 잔심부름을 하며 돈을 벌었던 사람들. 어떤 인물은 고등학교 중퇴 후 동네 수선가게에서 옷을 만드는 기술을 익혀 훗날 여성 가운을 제작하는 가게를 오픈했다. 그는 지금 거대한 패션 왕국을 이끌고 있다. 정우성은 꿈을 이루고자 고등학교를 그만두고 삶의 방향을 스스로 결정했다. 언젠가 인터

뷰 기사에서 '꿈을 이루고자' 중퇴한다는 정우성의 말이
잘 이해되지 않았다. 집에서 현관문을 통하지 않고 밖으
로 나갈 수 없듯 고등학교 졸업은 사회로 향하는 첫번째
문이라고 생각했으니까. 하지만 지금은 그 배우의 생각을
어렴풋이 알 것 같기도 하다. 결국 자기 합리화겠지만.

　까치가 요란하게 울던 날, 나는 학교를 박차고 나왔다.
부수고 갈아엎고 세우고 박고 다지고 칠하면서 단장에 여
념이 없는 가게들은 깨끗하고 산뜻했다. 싱그러운 봄을
연상케 하는 분위기였다. 학교라는 텃밭 하나를 갈아엎고
나온 내 눈에는 새로 조성되는 공간이 예사롭게 보이지
않았다. 다시 땅을 평평하게 다듬고 기둥을 세워 지붕을
올리면 된다. 어떻게든 버텨보려고 애쓰는 스스로에게 뭐
든 먹이고 싶었다. 신시가지에 모습을 드러낸 파리바게트
에 들어서자 입구에 신제품이 진열되어 있었다. 산뜻하고
예쁜 것만 보고 싶은 내 마음을 누가 헤아려준 것 같았다.
피치얼그레이가 한눈에 들어왔다. 380그램, 250칼로리, 사
천팔백원. 아무래도 칼로리가 적은 것 같아 딸기케이크도

곁들였다. 피치얼그레이에는 복숭아가 세조각이나 들어 있었다.

딸기케이크를 꼭꼭 씹어 먹고, 피치얼그레이를 마시면서 휴대전화 속 세상을 기웃거렸다. 그러다 포털사이트 검색창에 '고등학교 중퇴'라고 쳐봤다. 관련 기사가 주르르 떴다. 고등학교는 기본 단계라고 하던데 그곳을 거치지 않은 사람이 의외로 많았다. 꿈을 쟁취한 사례만 뽑아서 정리한 기사를 보면서 스스로의 결정에 만족해할 만큼 나는 순진하지 않다. 우리나라는 고등학교 졸업률이 95퍼센트에 육박하는데 미국에서는 매년 백삼십만명의 학생들이 고등학교를 중퇴한다는 대목을 눈여겨봤다. 그건 미국 이야기일 뿐이다. 제도교육에서 벗어나 자신의 삶을 빛나게 개척한 인물들은 행운의 여신에게 특별히 선택받은 케이스다. 그 여자가 오죽 깐깐하고 야박한가. 도중에 유턴한 나 같은 부류는 대부분 방향감각을 잃고 비포장도로에서 먼지를 뒤집어쓰고 있을 것이다.

뒤숭숭하고도 홀가분한 기분으로 자퇴생들의 스토리

를 읽는 내 마음을 붙잡는 게 따로 있었다. 그건 '동네'라는 단어였다. 동네의 보안업체에서 돈을 벌고, 동네의 영화관에서 알바를 하고, 동네의 슈퍼마켓에서 잔심부름을 하고, 동네의 수선가게에서 옷 만드는 기술을 배웠던 고등학교 중퇴자들. 나는 자퇴하면 무조건 고향을 떠나야 한다고 생각했는데 그들은 '성공하려면 반드시 동네에 발 붙이고 있어야 한다'고 말해주는 것 같았다. 술렁이던 마음이 조금씩 가라앉았다. 나는 '동네'를 성공과 연결시키지 않았다. 단지 그들이 고향에 머무르라고 어깨를 두드려주는 듯해서 내심 안도했을 뿐이다.

여름방학이 끝나고 한달쯤 교문을 들락거리다가 자퇴서를 냈다. 수업료를 내지 못해 관뒀다는 원망을 적나라하게 써서 엄마의 휴대전화로 전송했다. 수업료 미납이 이유였지만 그게 전부는 아니었다. 고등학교에 입학하고서 내 안에 들여놓은 묘목이 어쩐 일인지 시들시들해졌다. 어떤 이유 때문이냐고 물어본다면 딱히 할 말도 없다. 정이 넘치고, 꿈을 키워주고, 바른 길로 인도하고, 학생을 자식처럼 여기고, 서로 돕고 이끌어준다는 우리 학교 교훈이나 교가의 가사가 그저 말뿐이라는 사실이야 분명히 알고 있었다.

자퇴한 후 등교 시간이 되면 교복 차림으로 책가방을 메고 나왔다. 어느 누구도 나에게 관심이 없었지만 학교에 가는 척했다. 그런 시늉이라도 하지 않으면 내가 너무 비참할 것 같았다. 시립도서관에서 이 책 저 책 뒤적거리고, 점심은 녹차베지밀로 때우고, 어떤 날은 도서관에서 무료로 상영하는 영화를 보고, 오후가 되면 무작정 걷다가 귀가했다. 집에 아무도 없으면 밥을 두그릇 먹고, 누가 있으면 밥맛이 없는 척했다. 새벽에 갈증이 나서 주방에 갔다가 물 대신 달걀말이를 집어 먹은 적도 있었다. 한번 맛을 들이니까 꼭 새벽에 허기가 졌다. 그럴 때면 살금살금 주방으로 들어가 냉장고 문을 열고 서서 장조림이나 멸치볶음, 낙지젓 따위를 지분거렸다. 짭짤한 음식일수록 더 당겼다. 내가 또와 아저씨의 집에서 방 하나를 차지한 건 별로 눈치가 보이지 않는데 이상하게 뭘 먹을 때면 주눅이 들었다. 엄마와 또와 아저씨가 어떤 약속을 했든 간에 나는 그저 식충이로만 보일 것 같았다.

"고등학교 졸업장은 반드시 따야 한다."

며칠 전 맥도날드에서 선양 언니가 신세 한탄을 하다가 뜬금없이 내뱉은 말이다. 또와 아저씨도 그랬다. 앞으로 먹고살려면 적어도 고등학교 졸업장은 있어야 한다고. 부녀가 내게 보인 최초의 관심이었다. 자퇴하고 방황할 무렵 시립도서관에서 선양 언니를 우연히 만났다. 선양 언니는 출퇴근 시간이 정해져 있는 직장에 다니지 않는 것 같았다. 그렇다고 백수는 아니었다. 툭하면 자기 엄마한테 "내가 이 집에서 공짜로 밥 먹어?"라고 쏘아붙이는 걸 보면 돈벌이를 하는 모양이었다. 밥을 공짜로 먹는 사람과 공짜로 먹지 않는 사람의 차이는 목소리에서 드러난다. 선양 언니의 목소리는 사근사근한 맛이 없고 톤도 높았다. 반면 내 목소리는 언제나 시들어빠진 상추 같았다. 돈의 위력이 그런 것이다. 시립도서관에서 마주친 언니가 학교에 있을 시간 아니냐며 의아한 표정을 지었다. 나를

110

수상히 여기는 태도였다. 어쨌든 남의 자식을 데리고 있
는 입장이라 일말의 책임감을 느꼈는지 나를 끌고 매점으
로 갔다. 그러더니 나한테 묻지도 않고 식혜를 사들고 왔
다. 언니가 솔직히 털어놓으라는 듯한 눈빛을 던졌다. 나
는 일단 식혜를 한모금 마셨다. 비릿한 단맛이 났다. 음식
의 맛도 마음 상태가 좌우한다.

"언제부터 학교에 안 갔니?"

언니가 단도직입적으로 물었다. 식혜를 또 한모금 마셨
다. 식혜의 납작한 밥풀이 깔끔하게 내려가지 않고 목에
걸렸다. 생각해보니 자퇴 문제를 놓고 선양 언니를 의식할
까닭이 없었다. 그래서 솔직히 말했다. 수업료를 내지 못
했고, 교실에 앉아 있으면 가슴이 터져버릴 것처럼 불안하
며, 학교를 떠나야 삶의 방향을 결정할 수 있을 것 같다고.
마지막 말은 정우성의 인터뷰 내용에서 인용한 거였다.
뜻밖에도 언니가 내 말투와 표정에서 단호한 의지를 읽었
는지 의문이 가신 얼굴로 고개를 끄덕였다. 너의 결정이
너무 단단해서 비집고 들어갈 틈이 없다는 표정이었다.

상담은 의외로 빨리 끝났다. 때마침 점심시간이었고 이
번에는 언니가 나를 구내식당으로 데려갔다. 음식 자동주
문기 앞에 서더니 "먹고 싶은 거 골라"라고 말했다. 원하
는 대로 먹으라는 말투였다. 자퇴한 너에게, 삶의 방향을
스스로 결정한 청소년에게 내가 사줄 것은 밥밖에 없다
는 듯이. 언니와의 식사가 불편했지만 나는 몹시 배가 고
팠다. 나도 모르게 점퍼 주머니에서 손이 나왔고, 이리저
리 눈알을 굴리며 음식을 터치했다. 쫄면, 꼬마김밥, 라볶
이…… 값도 싸고 양도 많은, 시립도서관에 머물 때마다
간절히 먹고 싶었던, 맵고 달짝지근한 음식들. 도서관에
처박혀 있다가 행운처럼 얻은 나의 일용할 양식.

16

"다 왔어. 저기야."
약간 경사진 도로를 지나 우측으로 꺾어들자마자 치킨

홍이 어딘가를 가리키며 말했다. 내 눈에는 '예술의전당 신축공사 현장'이라고 쓴 큼지막한 글자들만 보였다. 내가 "어디요?" 하면서 치킨홍의 옷자락을 슬쩍 붙잡았다. 치킨홍이 하루살이를 쫓느라고 한 손을 휘저으며 "초록색 네온사인" 하고 말했다. '셰익스피어 전문배우'라는 간판이 한낮의 풀밭처럼 풋풋한 빛을 발하고 있었다. 발길을 붙잡는 이미지였다. 이름만 봐서는 무슨 극단인 줄 알았는데 간판 귀퉁이에 술병과 술잔이 놓여 있었다. '셰익스피어 전문배우'가 술집이라는 말이야? 내게는 출입 금지 구역이었다. 거부감이 드는 동시에 호기심이 차올랐다. 나는 침을 꼴깍 삼키면서 간판을 다시 쳐다봤다. 햄릿이 그랬던가. 사느냐 죽느냐, 그것이 문제라고.

치킨홍은 오늘 두시간 일찍 영업을 끝냈다. 평소에는 양보를 데리고 늦게까지 장사를 한다. 초저녁부터 치킨홍의 몸과 마음이 붕 뜬 것 같았는데 역시 이유가 있었다. 학교가 아닌 일터로 활동 무대를 바꾸면서 새로 생긴 재주가, 상대방의 표정과 마음을 어느 정도 읽을 수 있다는 것이다. 사냥터에서 먹잇감을 얻기 위해 뛰고 다쳐봐야 터득할 수 있는, 어쩌면 영어 점수보다 중요한 기술 같다는 생각이 든다. 치킨홍이 두시간 일찍 영업을 끝냈으나 나는 두시간 일찍 퇴근하지 못했다. 내가 동행해주기를 바랐기 때문이다. 나는 1인 3역을 맡는 조건으로 고고치킨의 알바생이 됐는데, 차차 말해주겠다던 나머지 1역이 이런 동행인 모양이었다. 이래서 경력 또는 경험이 중요하다는 건가. 내가 치킨집에서 아르바이트를 해본 경험이 있고, 오토바이도 운전할 줄 알면 한가지 일만 시켰을 테니 말이다. 셰익스피어 전문배우 앞에서 치킨홍은 옷매무시를, 나는 마음을 가다듬었다. 들어가야 하나 말아야 하나, 여긴 엄연히 술집인데, 하지만 이건 시급에 포함된 일이다…… 나의 망설임을 확 낚아채듯 치킨홍이 기운차게 출입문을 열었다.

실내에 들어서자 내가 미성년자라는 사실이 실감나게 의식됐다. 셰익스피어 전문배우는 너덧개의 공간이 따로따로 자리한 구조였다. 말하자면 커다란 동그라미 안에

작은 동그라미가 짜임새 있게 놓인 모양새다. 일자로 뻗은 통로 양쪽 벽면에는 양주병이 나란히 놓여 있었다. 치킨홍이 각각의 공간과는 별개로 마련되어 있는 원형 테이블에 자리를 잡았다. 어떤 여자한테 술을 따라주던 남자가 생글거리며 다가왔다.

"카운터가 꽉 찼네. 오빠들의 인기는 어째 식을 줄을 몰라. 비결이 뭐야?"

치킨홍이 팔꿈치로 곱상하게 생긴 남자의 옆구리를 살짝 찌른다.

"비결이라…… 이 손맛?"

남자가 도톰한 손을 내밀어 뭔가를 부드럽게 만지는 시늉을 했다. 치킨홍이 "맞다, 맞아" 하면서 좀 천박스럽게 깔깔댔다. 둘이 도대체 무슨 소리를 하는 건지 어리둥절했다. 고등학생이 아닌 척하려니까 나도 모르게 눈이 깜박거려지고 머리로 자주 손이 갔다. 우리 치킨집에서 일하는 대학생이라고, 치킨홍이 나를 소개했다. 그가 "스카칩니다. 반갑습니다" 하며 넉살 좋게 손을 내밀었다. 나는 아랫입술을 깨물며 그의 손을 살짝 잡았다 놨다.

"최감독님은 왔다 가셨어?"

"아까 골프 강습반 회원들이랑 한잔 마시고 가셨어요."

"오늘이 그날이야? 전화해보고 올걸. 딱지 맞았네."

입을 쭉 내미는 치킨홍의 얼굴이 아쉬움으로 물든다. 치킨홍이 최감독이란 남자를 좋아하는구나. 나는 무슨 단서를 잡은 것처럼 치킨홍을 빤히 쳐다봤다. 한껏 멋을 부린 여자들이 들어서자 스카치가 얼른 자리를 뜬다.

"여기는 죄다 여자 손님이네요? 서빙은 남자들만 하나봐요?"

"남자들이 예쁘장하니까 여자 손님들이 꼬이겠지. 뭐 짚이는 거 없어?"

나는 짚이는 게 없어서 둘레둘레 주변을 살폈다.

"아직도 모르겠어? 대학생이 의외로 순진하네."

내가 알 턱이 있나.

"스카치가 이름이에요? 저 사람은 계피, 저 사람은 박하, 이름이 아니라 별명인가. 명찰까지 달고……"

나는 치킨홍의 수수께끼를 풀기가 어려워 말머리를 돌렸다.

"이런 숙맥."

치킨홍이 웃음을 터뜨렸다.

"남자 종업원들 이름이야. 계피가 좋으면 계피, 스카치가 마음에 들면 스카치 코너에 가서 앉아 술을 마시는 거야. 셰익스피어 전문배우는 여자들을 위한 술집이야, 남자들이 술시중을 드는."

남자가 술시중을 들다니? 속으로는 엄청 놀랐지만 일부러 무표정한 얼굴로 고개를 끄덕였다. 입산 금지 구역에 들어갔다가 구덩이에 발이 빠진 기분이었다. 먼저 가겠다고 일어설 수도 없어 난감했는데 최감독이 부재중이어서 그나마 다행이었다. 보고 싶은 남자가 없는 술집에 오래 앉아 있지는 않을 테니까. 치킨홍이 주문한 맥주와 노가리가 나왔다.

"술도 못 마셔? 대학생들은 엠티니 뭐니 술 마실 기회도 많잖아. 강의실에 앉아서 공부만 했나보네. 자, 기념으로 한잔해. 싫어? 이런 답답이."

치킨홍이 부드럽게 툴툴대면서 콜라를 시켰다. 이제 보니 치킨홍은 화장을 곱게 했다. 최감독의 부재가 섭섭할 만도 하겠다. 최감독은 전 야구감독인데 왕년에 펄펄 날아다녔다고 했다. 역전의 명수였다나. 도민의 자랑이자 야구계의 레전드를 홀대한다면서 치킨홍이 입을 삐쭉거렸다. 최감독의 처자식은 일찌감치 로스앤젤레스로 건너갔다고 했다.

"기러기 아빠예요?"

"그렇지. 죽어라 돈 벌어 처자식 먹여 살렸어도 따순 밥 한 끼 못 얻어먹었대. 최감독은 연립주택에서 혼자 살고 있어. 야구공 대신 골프공을 날리면서. 골프공 덕에 목구멍에 거미줄 치고 있지는 않나봐."

치킨홍이 맥주를 시원하게 들이켠다.

"우리 최감독 골프 경력이 이십오년이래. 야구감독 시절 우승컵을 놓치지 않더니 골프도 잘 가르치나봐. 입소문이 나서 배우려는 사람들이 줄을 섰더라고."

운동을 오래 해서 그런지 나이가 들었어도 몸에 군살이
없다고, 사람들을 이끌고 고고치킨에 나타나면 술값은 반
드시 자기가 낸다고, 패션 감각도 남달라서 영화배우 뺨
친다고, 특유의 카리스마가 아직도 여심을 흔든다는 말을
흥에 겨운 목소리로 자랑하듯 늘어놓는다. 치킨홍이 혼자
서 쏟아내는 말을 듣다보니 어느덧 자정이 지났다. 남자
가 여자 옆에 다소곳이 앉아 술시중을 든다는, 그래서 '전
문배우'인가 싶은 술집은 빈자리가 없다. 최감독이 지금
이라도 등장해주기를 바라는 듯 치킨홍의 눈이 계속 출입
문을 더듬고 있었다.

17

또와 아저씨네 할아버지 방에서 나도 모르게 가지고 나
온 성경책은 스포츠백 안에 있었다. 스포츠백은 재작년
겨울 홈쇼핑에서 벤치코트를 살 때 사은품으로 받은 거였

다. 쇼호스트가 스포츠백을 만지작거리며 눈썰매장이나 스키장에서 요긴하게 사용할 거라고 말했다. 나는 그것을 어깨에 메고 거리를 떠돌았다. 스포츠백이 주인을 제대로 만났으면 겨울의 정취를 흠뻑 느꼈을 텐데, 공연히 미안한 마음이 든다. 그날 맥도날드에서 선양 언니의 푸념을 듣는데 불현듯 할아버지의 성경책이 떠올랐다. 뒤가 켕기는 기분에다 하루라도 빨리 반납해야 한다는 생각에 마음이 내내 불편했다. 할아버지의 상황이 절박해서 더욱 신경이 쓰였다. 십년 가까이 요양원에서 살고 있는 할아버지는 아들 내외의 무관심으로 언제 쫓겨날지 모른다. 병원비를 체납해 위기에 몰린 할아버지의 운명은 선양 언니 손에 달렸다.

성경책을 다시 스포츠백에 넣으려는데 어느 페이지가 펼쳐지면서 만원짜리 두장이 툭 떨어졌다. 갑자기 돈이 생기다니, 무슨 기적이 일어난 것처럼 눈이 번쩍 뜨였다. 지폐를 고이 접어 일단 청바지 주머니에 넣었다. 반으로 펼쳐진 까만 책의 여백에 깨알 같은 글씨가 적혀 있었다. 할아버지 필체 같았다. '하나님이 꼼짝 못하시는 것이 있는데 바로 약속이다. 한번 하신 약속은 끝까지 지키신다', 예배시간에 들은 이야기나 기독교 방송의 설교를 받아 적은 것 같았다. 할아버지가 그 약속을 철석같이 믿고 한평생을 살았을 거란 생각이 들었다. 할아버지의 간절한 소망은 무엇이었을까. 할아버지는 치매에 걸렸다고 했으니 성경책이 읽고 싶을 때 "복숭아 먹고 싶어"라든지 "모자를 씌워줘"라고 헛소리를 했는지도 모른다. 할아버지의 진심을 헤아리지 못한 가족이나 간병인은 치매환자에게 복숭아를 먹이고 모자를 씌워주지 않았을까.

스포츠백 안에 뭐가 또 들어 있어서 꺼내보니 뜻밖에도 베트남 동화책이었다. A4 용지보다 조금 작은 크기의 동화책은 여름 티셔츠에 둘둘 말려 있었다. 이게 왜 여기에 들어 있을까. 헤어질 때 엄마가 가방에 넣었을 리도 없고, 내가 챙긴 기억은 더더욱 없고, 동화책에 발이 달린 것도 아닌데 참 희한한 일이었다. 베트남 동화책은 엄마가 가져온 거였다. 뼈다귀해장국집에서 함께 일했던 베트남 아주머니가 헤어질 때 선물로 줬다고 했다. 주방 일이 서툴러 주인한테 허구한 날 타박을 받다가 결국 쫓겨난 아주머니다.

"베트남 이름이 흐엉이었는데 우리가 장난하느라고 흐엉흐엉하며 호랑이 흉내를 내고 그랬어. 삼년 전에 한국으로 시집왔다는데 남편이 집에서 먹고 노나봐. 공사판에서 벽돌을 나르다가 발을 삐었다나. 흐엉이 남편을 얼마나 아끼는지 몰라. 주인이 가끔 간식으로 빵을 주면 안 먹고 챙겨, 남편 준다고. 손발이 굼뜨고 말귀를 잘 알아듣지 못하니까 주인이 대놓고 막말을 퍼부어댔어. 아주 화풀이 대상이었다니까. 나중에는 주인이 무슨 말만 해도 깜짝깜짝 놀라. 애가 순해터졌거든."

"그 아주머니가 왜 동화책을 엄마한테 줘?"

"주인이 흐엉한테 소리칠 때마다 내가 나서서 한마디 했거든. 내가 일도 거들어주고 편도 들어줘서 고마웠대."

"엄마가 어린애도 아닌데 무슨 동화책이야. 그리고 죄다 베트남어로 쓰여 있어서 읽지도 못해. 아무짝에도 쓸모없는 선물이네."

"베트남에서 유명한 동화래. 흥부놀부나 콩쥐팥쥐처럼. 이 작가의 동화를 베트남 아이들이 읽고 자란다더라."

"글자가 희한하게 생겼다. 영어 같기도 하고 불어 같기도 해. 제목이나 알았으면 좋겠네."

"엄마를 찾아서."

"제목이 '엄마를 찾아서'야?"

"흐엉이 알려줬어. 보물 같은 동화책이라서 어딜 가나 가지고 다닌대. 주인한테 욕을 얻어먹은 날에는 꼭 읽고 잔대. 매일 읽겠지, 매일 욕을 먹으니까."

"그렇게 소중한 책을 왜 줘."

"고마웠다잖아. 이 집 저 집 일 다니면서 얼마나 무시를 당했으면 그러겠어. 내가 뭘 그렇게 대단한 일을 했다구. 흐엉은 내게 큰 선물을 했지. 자기 보물을 준 거니까. 우리는 뭔 말인지 몰라도."

그 대화로 끝이었다. 베트남의 유명한 동화라 한들 읽을 수 없으면 잊히는 것이다. 엄마는 『엄마를 찾아서』를 거실의 책장에 꽂아놨다. 그런데 어떻게 『엄마를 찾아서』
가 나를 따라왔을까. 폭설이나 폭우로 차단된 엄마와의
연락망이 이제야 비로소 작동되는 기분이었다. 왠지 곧
엄마가 소식을 전해줄 것 같기도 했다. 이런 기분 때문인
지 동화책을 만져보니 손난로처럼 따뜻했다. 커다란 망고
나무에 앉아 있는, 부리부리하게 생긴 독수리가 표지를
차지했다. 남매로 보이는 두 아이가 망고나무 아래 서 있
었다. 사내아이가 망고를 손에 쥐고서 근심 어린 얼굴로
망고나무를 쳐다봤다. 독수리도 입에 망고를 물고 있었
다. 엄마가 망고를 먹고서 독수리가 됐나. 그러고 보니 독
수리의 눈이 자애로웠다. 동화책은 냄비받침으로 써도 좋
을 만큼 두껍고 딱딱했다.

　동화책은 총 32페이지였다. 올 컬러였는데 색채가 어둡
고 강렬했다. 첫 장을 열자 절벽을 배경으로 사냥하는 여
자, 도망가는 노루, 피를 흘리며 추락하는 남자, 저팔계처
럼 생긴 장수가 말을 타고 가는 모습이 그려져 있었다. 그
림 한가운데 베트남어가 빼곡했다. 베트남어는 잔가지를

이어 붙여 만든 글자처럼 보였다. 무슨 암호 같기도 해서 누가 해석할 수 있을까 싶었다. 나는 그림을 보면서 스토리를 추측했다. 분명 피를 흘리며 절벽 아래로 떨어지는 남자로 인해 어떤 사건이 벌어질 터였다. 머리에 깃을 꽂은, 험악하게 생긴 남자가 족장 같았다. 기다란 화살을 들고 있는 그의 시선이 추락하는 남자를 향해 있다. 족장이 화살을 쏴 남자를 죽였다면 그는 남매의 아버지일까? 페이지를 넘겨보니 겁에 질린 표정의 여자가 아이들을 데리고 비탈길을 올라가고 있었다. 어떤 위기에 처하면 새끼들의 손을 더욱 단단히 잡아주는 게 진짜 엄마다. 그림을 보며 내용을 파악하다보니까 내 손을 슬그머니 놓아버린 엄마가 불쑥 떠올라 동화책을 덮어버렸다.

18

"나운동 주공 5차로 가주세요."

나는 주저 없이 시내버스 대신 택시를 탔다. 어제 월급을 받았기 때문이다. 칠십오만삼천원. 월급은 어제 오전에 입금됐다. 한달 동안 수고했다는 치킨홍의 문자를 받고 나는 집 근처 은행으로 냅다 달려갔다. 현금지급기에 체크카드를 집어넣고서 잔액을 확인하는 순간 눈이 휘둥그레졌다. 이렇게 큰돈이 매달 내 통장에 꼬박꼬박 입금된다니, 나는 현금지급기의 거래 내역을 보며 굳은 듯 서 있었다. 엄마는 일하는 곳마다 월급을 오밤중 아니면 하루 이틀 늦게 준다며 짜증을 내곤 했다. 때문에 나는 월급은 당연히 오밤중 아니면 하루 이틀 늦게 받는 줄 알았다. 통장이 두둑해지니까 어깨도 펴졌다. 혼자서 아프리카라도 갈 수 있을 것 같았다. 한편으론 생닭을 만지고, 서빙과 설거지를 하고, 주방의 쓰레기도 치우고, 더러 대걸레질도 하고, 이따금 손님한테 싫은 소리도 들으며 받은 돈이라고 생각하니 월급이 나의 한숨이고 눈물 같았다.

빨리 가달라고 재촉한 것도 아닌데 택시기사가 신호등까지 무시하며 액셀을 밟는다. 어디 한곳에 마음을 붙이지 못하고 떠돌이처럼 생활한 일년여의 시간이 아득하게 느껴진다. 택시기사와 나는 말없이 라디오를 듣고 있었다. 디제이가 청취자의 사연을 읽어주더니 오랜만에 가곡을 들어보자고 했다. 잔잔한 선율이 시냇물처럼 택시 안으로 졸졸졸 흘러들었다.

'해는 져서 어두운데 찾아오는 사람 없어. 밝은 달만 쳐다보니 외롭기 한이 없다. 내 동무 어디 두고 나 홀로 앉아서 이 일 저 일을 생각하니 눈물만 흐른다.'

구슬픈 노래가 내 마음에 잔물결을 일으킨다. 그 리듬에 따라 택시의 속도도 늦춰진다. 기사가 노래를 흥얼거린다. 덩달아 나도 소리는 내지 않고 입술만 달싹이며 따라 불렀다.

엄마 말대로라면 작년 11월에 우리가 살았던 임대아파트의 계약 기간이 만료돼 쫓겨난다고 했으니 그 집은 다른 사람의 차지가 됐을 것이다. 어제 받은 월급에서 월세, 전기세, 수도세, 가스비, 교통비, 휴대전화 요금, 한달 식비 등등을 제하면 매달 삼십만원씩 저축할 수 있다. 물론 허리띠를 졸라맨다는 조건이 붙는다. 그래도 명색 첫 월급을 탔으니 뭔가 의미 있는 일을 하고 싶었다. 엄마가 곁에 있었으면 영화시장으로 데리고 가서 짝퉁 지갑을 사줬을 것이다. 오늘은 특별히 매운 잡채 대신 삼겹살을 구워 먹고 불가마찜질방에서 하룻밤 자기로 한다. 머릿속에 펼쳐지는 공간과 시간이 나를 더욱 외롭게 만들었다. 우리의 오랜 둥지라도 가봐야 우울감이 좀 가실 것 같았다.

　나는 주공아파트 5차 근방에서 택시를 세웠다. 정문에서 내리려니 주민들의 눈에 띌까봐 신경 쓰였다. 내가 초등학교에 다니기 전부터 살았던 아파트라 아는 얼굴이 많았다. 철길 앞에 섰다. 언덕배기에 세워진 중학교에 가려면 이 철길을 건너야 했다. 철길은 그해 겨울 숨이 멎었다. 이 소식을 엄마한테 들었는데 그날 공교롭게도 이른 첫눈이 내렸다. 눈을 맞으며 귀가한 엄마가 멍한 표정으로 "철길이 죽었어야? 기차는 어디로 가지?"라고 말했다. 자기를 어딘가로 안내해줄 유일한 철길이 하루아침에 사라져 안절부절못하는 이방인처럼. 어쩌면 엄마는 그때부터 자기만의 새로운 철길을 찾아 남몰래 헤맸을지도 모른다. 경사를 이루며 길게 뻗은 철길에는 잡초가 무성하다. 일회용 라이터, 나이트클럽 전단, 밑창이 뜯어진 운동화 같은 쓰레기도 널려 있다. 살랑살랑 하늘거리는 코스모스도 죽은 철길 위에 피어 있으니 버려진 물건처럼 보인다. 곱지 않은 바람이 외투 속으로 파고든다. 나는 그깟 바람에 중심을 잃고 비틀거렸다.

주공아파트 5차 후문 옆에 붙어 있는 좁다란 길로 들어섰다. 우리 집으로 가는 지름길이다. 나는 지나치게 주변을 의식하며 걸었다. 그 어색한 모습 때문에 오히려 눈에 더 띄겠다고 생각하면서도 여기저기 살폈다. 해가 꼬리를 감추면서 어둠이 발 빠르게 스며들어 그나마 다행이다. 9동 303호, 우리 집 창문에 불이 켜져 있다. 엄마가 쓰던 방이다. "엄마!" 하고 소리치면 바로 창문이 열릴 것만 같다. 베란다의 빨래 건조대에 분홍색 수건과 녹색 양말이 걸려 있고, 옹기종기 모여 앉은 화분도 보인다. 누가 우리 집에서 밥을 지어 먹고 잠을 자는 모양이다. "완전히 끝났네." 내 입에서 모난 돌 같은 말이 튀어나왔다.

"혹시 아란이 아니야?"

나도 모르게 뒷걸음쳤다.

"맞네, 아란이."

백광세탁소 아주머니다. 주공아파트 5차의 터줏대감이자 우리 단골 세탁소. 도대체 어디로 이사 갔느냐며 아주머니가 내 팔을 붙잡는다. 그 손에서 진심으로 반가워하는 온기가 느껴진다. 나는 여기서 이사한 적이 없으니 아주머니의 물음에 대답할 수가 없다. 그냥 빙그레 웃는다. '백광세탁소'라고 써 붙인 승합차가 눈에 띈다. 아주머니가 집집마다 돌며 세탁물을 배달하거나 걷으러 가는 길에 나를 발견한 모양이다. 아주머니가 차라도 한잔 마시고 가야 덜 서운하다면서 막무가내로 나를 승합차에 태운다. 이게 아닌데…… 발끝에 힘을 주지만 아주머니의 단단한 손을 밀어내기엔 역부족이다.

백광세탁소는 아파트 정문 앞에 있다. 모퉁이를 돌자 거리가 대번 환해지면서 눈에 익은 간판들이 보였다. 내

일이면 무더운 나라로 영영 떠나는 패배자처럼 나는 동네를 눈여겨봤다. 빈손, 빈 마음으로 비행기를 타는 심정이 이럴까.

"참, 엄마가 지난가을에 드라이클리닝을 맡기고 찾아가지 않은 옷이 있어. 전화를 몇번이나 해도 안 받아서 어쩔까 했는데 잘됐다."

엄마가 맡긴 옷은 모직 코트라고 했다. 모직 코트라면…… 모자 테두리에 까만 털이 달린, 허벅지까지 덮어줘서 무척 따뜻하다며 줄기차게 입고 다니던 옷이다. 작년 가을이면 우리가 헤어질 무렵이고, 곧 닥칠 한파를 대비해서 드라이클리닝을 맡겼을 텐데 여태 찾아가지 않았다면 뭘 입고 추위를 견뎠을까. 갑자기 욕이 튀어나오려고 한다.

아주머니가 세탁소에 들어서자마자 커피포트의 스위치를 누른다. 그러더니 투명한 병에 담긴 끈끈한 액체를 수저로 떠서 머그잔에 넣었다. 금세 물이 끓는 소리가 났다. 말끔히 세탁된 옷들이 투명 비닐을 덮어쓰고서 사방에 걸려 있었다. 그 옷들은 영혼을 빼앗긴 누군가의 육체 같아서 볼 때마다 숙연해진다.

"마셔봐. 장수에 사는 친척이 보내준 진짜 꿀이야."

진짜 꿀이라서 그런가, 독특한 향기가 코끝에 맴돈다. 달달한 액체가 몸속의 길로 쪼르르 내려간다. 몸의 길목에 오돌토돌 맺혀 있을 얼음알갱이가 녹는 것 같다.

"어디로 이사 갔어?"

"풍월동요."

그곳은 내가 현재 살고 있는 동네다.

"멀리도 갔네. 엄마는 여전히 바쁘시지?"

새로 이사한 동네가 어떤지, 무엇보다 엄마의 안부를 집요하게 물어보는데 나는 정말로 해줄 말이 없다. 나도 엄마의 행방을 전혀 모르니까. 나는 그저 네, 네, 하면서 꿀차만 마시고 있었다.

이제 '옛날에 살던'이라는 수식어를 붙여야 할 동네를 어떻게 벗어났는지 모르겠다. 뛰다가, 걷다가, 종종걸음 치다가 우뚝 멈춰 서서 보니 나무 벤치가 있었다. 가로등이 탐스러워 보이고, 샛노란 은행나무도 눈부시게 환하다. 다들 탐스럽고 환한데 나만 낙엽처럼 이리 뒹굴, 저리 뒹굴. 은행나무를 바라보고 있자니 내 몸도 노랗게 물드는 것 같아 저절로 눈이 감기는데 아차, 엄마의 모직 코트를 가져오지 않았다. 아주머니도 나도 까먹었다. 그렇다고 백광세탁소로 발길을 돌리기는 싫다. 엄마가 찾지 않는 모직 코트를 내가 굳이 챙길 이유가 있을까. 세탁소 어딘가에 걸려 있을 모직 코트는 육체와 영혼이 빠져나간 엄마의 허물이다. 엄마가 돌아올 때까지 그 껍질의 자리는 백광세탁소다. 나는 그저 보관 기간이 만료돼 폐기물로 처리되지 않기를 바랄 뿐이다.

19

치킨홍은 분명 누군가에게 푹 빠져 있다. 보나 마나 치킨홍의 짝사랑 상대는 전직 야구감독일 것이다. 우리가 셰익스피어 전문배우에 다녀온 이후 최감독은 고고치킨에 자주 출몰했다. 운동선수답게 체구가 건장한 최감독은 호탕하게 잘도 웃었다. 그는 고고치킨에 들어서면 걸걸한 목소리로 "어이, 걸프렌드!" 하면서 치킨홍을 향해 두 팔을 벌렸다. 그러면 치킨홍은 "감독님은 인사하는 것도 박력이 넘쳐!" 하면서 그의 품에 살포시 안겼다. 무슨 로맨틱 코미디 드라마라도 보는 것 같았다. 최감독 앞에서 치킨홍은 애교가 뚝뚝 떨어지는 여자였다.

왕년의 야구 스타 최감독은 술을 마시다 말고 곧잘 골프 시범을 보여줬다. 옆으로 서서 허리를 90도 가까이 굽히고, 골프채를 쥐고 있는 것처럼 팔을 이리저리 움직이며 "이 자세가 정석이라고, 알겠어요?" 했다. 한번은 일행 중 누군가가 "제가 요즘 유튜브 골프 영상을 보면서 스윙 폼을 익히고 있는데 거기서는 감독님처럼 오른팔을 쭉 뻗지 않던데요?" 하니까 "당신한테 지금 골프를 가르치는 사람이 누구야, 나지? 그럼 선생 말을 잘 들어야지. 골프에 대해서 쥐뿔도 모르는 초짜가 왜 자꾸 헛소리를 해싸?"하면서 눈을 치켜떴다. 상대방이 "아, 제가 어찌 감독님의 실력을 의심하겠습니까. 동영상의 선생이 가르쳐준 스윙 폼과 좀 다르다는 걸 말하는 것뿐이죠"라고 대꾸하자 "나, 야구랑 삼십년 살았고 이십오년 동안 골프 친 사람이야. 가르쳐주면 고분고분 배울 것이지, 어디서 토를 달아!"하면서 삿대질을 해댔다. 위태위태한 술자리를 지켜보던 치킨홍이 "유치원 원장이란 남자, 되게 빈정거리네. 자꾸 까불면 최감독 주먹이 날아갈 텐데?"하면서 못마땅한 표정을 지었다. 최감독이 다녀가면 치킨홍의 혈색이 대번 좋아졌다. 혈관을 깨끗하게 해준다는 영양제를 꾸준히 챙겨 먹어 생기를 되찾은 여자처럼 말이다.

"호랑이가 아이들한테 떡 하나 주면 안 잡아먹는다고 했나요?"

문득 선양 언니가 내뱉은 마지막 말이 떠올랐다. 너희 엄마도 그렇고 우리 부모도 그렇고 어째 새끼들을 놔두고 없어지냐고, 호랑이가 나타나 떡 하나 주면 안 잡아먹지, 하면 어쩌려고 그러느냐고.

"무슨 소리 하는 거야."

치킨홍이 멸치를 다듬으며 나를 쳐다본다. 아르바이트 시간은 오후 다섯시부터인데 오늘은 한시간 빨리 왔다. 치킨홍과 양보는 벌써 영업 준비를 하고 있었다.

"아이들이 엄마를 기다리다가 호랑이한테 속아서 해와 달이 됐다는 동화요. 내용이 가물가물하네요."

"아이들이 아니라 엄마한테 그랬지. 엄마가 떡을 팔고 오는데 호랑이를 만나잖아. 떡 하나 주면 안 잡아먹겠다 더니 결국 팔과 발, 몸을 차례로 먹어치웠잖아. 호랑이가 엄마로 변장해서 아이들을 찾아가고. 나중에 남매는 해와 달이 되고."

"내용을 훤히 아시네요?"

"그걸 누가 몰라."

"이 동화도 그런 내용 같은데."

나는 배낭에서 베트남 동화책을 꺼냈다.

"베트남어라서 내용은 전혀 모르겠는데 그림을 보니까 대충 스토리가 그려져요. 엄마가 남매를 데리고 도망가는 모습하며, 괴물 같은 족장이 등장하고, 후반부로 가면 무시무시한 호랑이가 나타나 사람들을 공포에 떨게 해요."

"이리 줘봐."

치킨홍이 멸치의 내장을 발라내다 말고 동화책을 집더니 빠르게 책장을 넘긴다.

"마지막 페이지에서 남매가 엄마를 만나네. 독수리가 데려다준 거야? 우리 첸이한테 보여주면 술술 읽겠다."

"첸이요?"

"한국과 베트남의 피가 반반 섞인 내 조카. 조만간 여기 올 거니까 내용이 궁금하면 해석해달라고 해."

피가 반반 섞였다는 표현이 꼭 인간과 로봇이 반반 섞였다는 뜻으로 들렸다. 어린 터미네이터처럼. 그 아이한테 호기심이 생겼는데 물어보기가 꺼려졌다. 첸이라는 이름을 내뱉을 때 치킨홍의 낯빛이 살짝 어두워졌기 때문이다. 첸에 대한 관심은 일단 접어두기로 한다.

"소똥을 치운다면 어디서 무슨 일을 하는 거죠?"

말머리를 돌리려고 꺼낸 말이다. 무심코 동화책을 펼치

니 호랑이가 구덩이를 내려다보며 입을 쫙 벌리고 있다. 독이 잔뜩 올라 으르렁거리는 소리가 들리는 듯하다. 베트남 호랑이는 발톱이 유달리 크고, 여러 동물들을 섞어 놓은 것처럼 괴상하고 흉악한 모습이었다. 구덩이 안에서 벌벌 떨고 있는 가족을 보니 불현듯 선양 언니의 엄마가 떠올랐다. 또와 아저씨가 파산 사실을 알렸을 때 국위 오빠가 격렬히 반항하자 소똥 운운하던 아주머니의 목소리도 귓전에 맴돌았다.

"농장이나 목장이겠지. 말, 소, 돼지, 염소를 사육하는 곳. 누가 소똥을 치워?"

"아는 분들이 소똥을 치우러 간다고 해서요."

"부부가 농장으로 소똥 치우러 갔나보네. 생활정보지에 그런 광고 많아. 부부 환영하는 농장 광고."

"그럼 농장에서 먹고 자고 해요?"

"숙식 제공이 조건이야. 한때 나도 그런 농장에서 지낼까 생각했거든. 동물들 똥 치우고 밥 먹이는 일이 얼마나 단순하고 좋아. 매상에 목매지 않아도 되고."

우리 엄마도 농장에서 소똥을 치우나? 해안이나 도시에서 멀리 떨어진 내륙의 깊숙한 땅에서? 그런 오지라면 휴대전화 전파도 약할 테고…… 결정적인 실마리를 찾은 듯 귀가 솔깃해진다.

"이거 봐, 여기 농장 광고 있잖아."

치킨홍이 테이블 한쪽에 놓아둔 생활정보지를 뒤적거리더니 내 앞으로 내민다.

'옥구 농장 숙식 제공, 부부 대환영, 급여 상담 후 결정.'

나는 생활정보지에 머리를 바싹 들이대고 광고를 뚫어지게 쳐다봤다. 엄마도 오래전부터 차라리 이런 농장에서 똥이나 치우며 살까 고민하다가 결국 나를 떼어놓기로 결심했는지 모른다.

"그 부부는 어쩌다 소똥 치우는 신세가 됐대?"

"장사하다가 망했나봐요."

"그림이 그려진다. 업종도 여러번 바꿨을 거야. 그때마다 빚이 쌓이고."

"업종을 바꾸는데 왜 빚이 쌓여요?"

치킨홍이 내막을 제대로 알려주겠다는 듯 일손을 멈추더니 손을 탁탁 턴다. 비릿하면서도 고소한 멸치 냄새가 느닷없이 식욕을 자극한다.

"장사가 안 되니까 다른 장사로 눈을 돌리겠지. 그럼 그 가게에 어울리게 꾸며야 하고. 권리금이니 뭐니 들어가는 돈이 좀 많아? 새로운 간판을 걸었으니 광고도 해야지. 장사가 안 돼서 업종을 바꾸는 건데 무슨 돈이 있어. 그러니 빚을 질 수밖에. 택시기사가 그러는데, 새로 오픈하거나 망해서 문을 닫는 가게가 이 지역에서만 하루 평균 마흔 집이 넘는대. 본전이라도 찾으려다가 간판 내리고, 다시 개업하고, 또 빚지고. 악순환이지, 뭐. 그러다 결국 거덜 나는 거야."

치킨홍이 다소 흥분한 목소리로 말꼬리를 이어간다. 처음이자 마지막으로 가족회의를 하던 날, 그 자리에 치킨홍이 있었으면 또와 아저씨를 야무지게 변호해줬을 텐데.

"장사꾼들의 고통은 당사자 아니면 아무도 몰라. 눈만 뜨면 동종 업종이 생기니까 죽어라 일해도 마이너스야.

어떻게든 버티려고 자식 이름 앞세워 대출까지 받고, 펑크 나고. 능력 있는 자식이면 자기 이름으로 받아 쓴 대출이니까 울며 겨자 먹기로 갚는데 무능력한 자식이면 신용불량자가 되는 거지. 장사가 안 되면 주인만 나자빠지나? 종업원들도 일자리를 잃고 난민처럼 떠돌아. 조선소 문 닫았지, 지엠 대우 철수했지, 완전 줄초상이야. 내 고향이 고용위기지역에 선정됐다니, 맙소사. 뉴스에서 앵커가 위기 어쩌고저쩌고하는데 내 고향이 조만간 지도상에서 없어질 것 같더라고. 나도 고용위기지역의 피해자야. 어제는 치킨을 열 마리도 못 팔았어. 내 앞날도 안개가 자욱해. 파리 날리는 가게에서 무슨 재주로 버텨."

또와 아저씨도 그러다 망했구나. 어쩐지 엄마가 자주 일터를 바꾸더라니…… 나는 눈을 내리깔고 고개를 끄덕이며 유독 머리가 큰 멸치를 집었다. 멸치는 얼떨떨하면서도 서글픈 표정을 짓고 있다. 치킨홍이 한숨을 내쉬면서 출입문 쪽으로 터덜터덜 걸어갔다. 출입문을 열자 매서운 바람이 기다렸다는 듯 확 밀려들었다. 벌써 밖이 어둑어둑하다.

"올겨울이 엄청 춥다는데, 한파를 또 어떻게 견디나. 동화책에서는 호랑이가 엄마를 해치지만 현실에서는 불황이라는 호랑이가 우리를 잡아먹어. 동화책의 호랑이와는 비교도 할 수 없이 악독한."

20

은행나무가 앙상해졌다. '풍월로'라는, 바람을 품고 있는 이름 때문인지 이 동네는 바람의 그물에 걸려든 꼴이다. 밤낮 불어대는 바람이 동네를 야금야금 갉아먹는, 도저히 그물에서 벗어날 수 없는 운명. 풍월로의 은행나무들도 그 바람의 소란에 시달려 제 잎을 서둘러 털어냈을 것이다. 밤이면 더욱 노랗게 부풀어올라 파르르 떨어대던 모습이 오늘따라 그리워진다. 어떤 생의 찬란한 시절이 저무는 모습을 보고 있자니 허전하고 허무하다. 사실은 은행나무가 탐스러웠을 때도 바라보면 애잔한 마음이었다. 은행나무가 애처로운 러브스토리의 주인공이기 때문이다. 물론 내가 창작한 이야기다. 나는 중학교 때 문예반에서 활동했다. 선생님이 정해준 책들을 읽고, 독후감 대회도 나갔다.

어느날 문예반 선생님이 소설책의 계절 묘사가 잘된 부분을 설명하다가 은행나무 이야기를 꺼냈다. 은행나무는 쥐라기 공룡시대 이전부터 지구에 정착한 오래된 생물이다. 그래서 살아 있는 화석이라고 불린다. 현재 지구상에는 오직 한종만 남았는데, 종이 급감한 까닭은 은행 종자를 먹고 여기저기 퍼뜨려주던 공룡이 멸종했기 때문이다…… 그 대목에서 내 마음에 물결이 일었다. 공룡과 은행나무가 내 머릿속에서 연인으로 맺어졌기 때문이다. 공룡은 흔적도 없이 사라졌고, 그 충격으로 은행나무는 시름시름 앓으면서 겨우 목숨을 부지했다. 공룡의 부재로 씨앗을 만들 수도 없다. 은행나무는 어떻게든 살아남기 위해 악취를 선택했다. 해로운 곤충이나 동물로부터 자신

을 보호하고 종족을 퍼뜨리기 위한 생명줄, 악취. 사랑을
잃고 나서 사랑을 잊지 않기 위한 은행나무의 몸부림이
내 안에 그림자로 남았다. 해마다 가을이 찾아와 노란 애
드벌룬 같은 은행나무를 마주하면 자연스레 공룡이 떠올
랐다. 길바닥에서 악취가 풍기면 그게 은행나무의 뼈저린
아픔 같았다.

강원도 어느 산간 지역에는 첫눈이 내렸다고 한다. 그
첫눈은 이동 속도가 빨라서 조만간 이쪽에도 모습을 드러
낼 것이다. 어딘가에 잠복해 있던 겨울이 '돌격 준비!' 하
면서 전열을 정비하는 소리가 들려오는 듯하다. 엄마와
헤어진 후 두번째 찾아오는 겨울이다. 첫번째 겨울은 혹
독했다. 몸보다 마음이 훨씬 추웠다. 나는 봄과 여름 안에
살면서도 온몸으로 겨울을 느꼈다. 주말이면 봄꽃놀이 차
들로 고속도로가 몸살을 앓고, 누군가는 래프팅을 하며
더위를 식혔지만 나는 빙판 위에서 미끄러지기 일쑤였다.
그 심리적 낙상은 여전히 진행 중이다.

오늘은 종점이 아니라 두 정거장 전에 내렸다. 시내버

스 종점과 맞닿아 있는 내 보금자리로 들어가는 시간을 늦추고 싶어서였다. 어둠침침한 종점에 내팽개쳐지는 기분까지 느낀다면 오늘은 정말 심장이 터져버릴 것 같다. 저녁 밥상이 차려진 집으로 간다고 생각하며 천천히 발걸음을 뗀다. 밤 열시 삼십칠분이다. 지금 이 순간 '집에 언제쯤 와? 청국장 끓여놨어'라는 문자를 엄마에게 받는다면 '막 버스에서 내렸어'라고 답장하겠지…… 인적이 뜸하다. 상가들도 거의 문을 닫았다. 늦게까지 손님을 기다리는 가게는 노래방이나 술집뿐인데 불빛이 칙칙하다. 날이 추우면 술을 마시고 싶어지나? 마음이 싸늘하고 코가 시리니까 술집 간판으로 눈길이 간다.

옷깃을 여미고 잔뜩 웅크리며 걷는데 눈앞이 환해진다. 침침한 눈에 생기를 불어넣어준 것은 홍시였다. 박스마다 가득 담긴 홍시가 반들반들 붉게 빛나고 있었다.

"고기보다 맛있는 홍시예요."

엉거주춤 서서 홍시를 바라보는데 청과물가게 아주머니가 말을 건다. 그러더니 홍시를 반으로 나눠 한쪽은 나한테 주고 나머지는 자기 입으로 가져갔다. 우리의 볼이 홍시로 부풀어졌다. 막 불판에 구운 삼겹살처럼 꿀떡꿀떡 넘어갔다.

홍시를 오천원어치 샀다. 나도 돈을 버니까 홍시 정도는 얼마든지 살 수 있다. 비닐봉지에 담긴 홍시가 묵직하다. 말랑말랑 온기도 느껴진다. 방금 깨어난 생명체를 손에 넣은 기분이다.

종점이 가까워온다. 멀리 보이는 번영슈퍼는 오늘도 문이 닫혀 있다. 생각해보면 여기로 이사한 후 번영슈퍼에서 뭘 사본 적이 없다. 딱히 구입할 물건도 없었고, 번영슈퍼가 문을 여닫는 시간도 들쑥날쑥했다. 번영슈퍼의 주인은 어떤 사정 때문이 아니라 기분 내키는 대로 장사하는 것 같았다. 흐릿한 달빛에 기대어 발걸음을 뗀다. 가로등이 있지만 달빛보다 못하다. 한껏 몸을 움츠리며 걷는데 문득 이 동네가 우범지역일지도 모른다는 생각이 든다. 사람이 살기나 하는지 의문스러운 남전연립, 노쇠한 나무들, 문을 열다 말다 하는 번영슈퍼, 통제구역 같은 시멘트

도로…… 풍월로 31길에 모여 있는 남전연립, 나무들, 번
영슈퍼, 시멘트 도로는 방치된 상태다. 그러니 여기서 어
떤 비행을 저지른다 한들 아무도 모른다. 나는 번영슈퍼
앞에서 습관처럼 심호흡을 한다. 매번 고여드는 무서움을
비워내기 위해서다. 그래도 소용이 없으면 노래를 크게
부른다. "꽃 피이이는 동백섬에 보오미 왔겄만 형제 떠난
부산항에 갈매기만 슬피이 우우네 오류도……" 엄마가 즐
겨 부르던 노래다. 새끼 고양이 같은 홍시를 품에 안고 한
발 한발 내디딘다. 꽃 피이이는 동백섬에……

　오늘도 역시 집은 괴괴하다. 이 시간 숲속의 오두막에
불이 켜져 있던 적은 한번도 없다. 삼총사는 단잠에 빠져
있나, 아니면 또 빨간 캐리어를 끌고 산이나 바닷가로 놀
러 갔을까. 당최 얼굴을 볼 수 없으니 혹시 어디로 이사 갔
나 싶은 생각도 든다. 밥이나 해먹고 사는지 음식 냄새를
맡아본 기억이 없고, 작은 마당에 빨랫줄을 길게 매놨는
데 양말 따위가 걸려 있는 꼴도 못 봤다. 알다가도 모를 여
자들이다. 바깥 구석에 처박혀 있는 욕실로 들어가기가

영 내키지 않는다. 주방 개수대에서 대충 씻기로 한다. 오늘은 고고치킨의 주방이 모처럼 분주했다. 냉장고에 있는 생닭을 모두 튀겨 팔았다며 치킨홍이 콧노래를 불렀다. 오늘따라 닭똥집튀김을 주문하는 손님이 많아서 틈이 나는 대로 똥집을 썰었더니 오른팔이 욱신욱신 쑤신다. 내일은 평안탕에 가서 뜨거운 물에 몸을 푹 담가야겠다. 통장에 돈이 있으니까 확실히 활동 범위가 넓어진다. 청과물 가게 아주머니 말대로 고기보다 맛있는 홍시를 투명한 볼에 담아 머리맡에 놨다. 주홍빛 꽃이 활짝 핀 것 같다. 홍시라면 자다가도 벌떡 일어나던 엄마가 얼굴을 드러낸다.

 "엄마는 홍시가 왜 그렇게 맛있어?"

 "홍시를 먹다가 죽을 뻔한 적이 있어서."

 "씨가 목에 걸려서?"

 "아니, 웃겨서. 내가 이래 봬도 꽃다운 시절이 있었거든. 달빛이 환한 겨울에, 그때가 동지였어. 우리 엄마가 만들어준 팥죽을 먹고 나오던 참이라 생생히 기억해. 어떤 남자가 홍시를 들고 우리 집 앞에 서 있는 거야. 그 모습이 왜 그렇게 웃겨 보이던지. 달빛 아래 서서 홍시를 먹는데 그게 또 그렇게 웃겨. 나도 모르게 그 남자의 손을 잡고 말았어."

'어떤 남자'와 얽힌 사연까지는 듣지 못했으나 홍시가 두 사람의 연결고리인 것은 분명했다. 「사랑방 손님과 어머니」에서 아저씨의 밥상에 자주 오르던 삶은 달걀 같다고나 할까. 홍시를 우두커니 바라보다가 휴대전화를 열어본다. 보험을 들라거나 대출을 받으라는 상담사 말고는 오늘도 나를 찾는 사람이 없었다. 쓸데없고 귀찮은 전화이긴 해도 나의 안부를 물어주는 유일한 발신자라고 생각하면 매정하게 뿌리칠 수가 없다.

티슈를 한장 뽑아 홍시를 살살 닦아 반으로 쪼갠 후 씨를 발라내고 한입에 넣는다. 담임선생님이 나한테 글솜씨가 있다고 했지. 이 맛을 시적으로 표현해볼까. 노을을 품은 맛, 가을을 삼킨 맛. 아, 오글거린다. 글솜씨는 무슨…… 나머지 반쪽도 입으로 직행, 이번에는 씨까지 먹어버린다. 겉보기에는 부드럽지만 가시가 박힌 말을 꿀꺽 삼킨 것 같다. "교복 벗어던지고 아르바이트해서 통장은 살찌는데 머릿속은 텅텅 비겠다?" "대학교 휴학생, 고등학교 자퇴생, 두 인생을 사는 기분이 어때?" 이를테면 이런 말들. 집은 고요하다 못해 을씨년스럽다. 어느 누구도 나를 불러내지 않는 야밤에 홍시라도 곁에 있으니 그나마 위안이 된다. 이러다가는 밥상이나 빗자루하고도 말을 하게 생겼다. 나는 홍시를 하나 더 먹으려다 말고 또 문자로 말을 걸어보기로 한다. 엄마가 그랬지. 어른이든 애든 말을 듣지 않으면 일단 먹이면서 어르고 달래야 한다고.

엄마, 홍시 먹으러 우리 집에 놀러 와. 엄마 주려고 한바구니 샀어. 시내버스 23번 종점에서 전화하면 내가 냉큼 뛰어나갈게.

21

"벌써 왔어?"

배추도 다듬고, 간혹 줄넘기도 하는 작은 마당과 이어진 주방으로 들어서자 치킨홍이 활짝 웃으며 반긴다. 시금치를 조물조물 무치고 있다. 고소한 참기름 냄새를 맡으니까 어째 눈이 맑아진다. 아침에 치킨홍한테 문자를 받았다. 첸이라는 조카가 오늘 가게에 온다고 했다. 베트남 동화책의 스토리가 궁금하면 일찍 나오라는 뜻이다. 나는 동화책보다 첸이, 한국과 베트남의 피가 반반 섞였다는 아이를 만나보고 싶었다.

치킨홍이 일부러 만화 프로를 틀어놓은 모양인데 첸은 TV를 외면한 채 후라이드 치킨을 먹고 있었다. 나의 인기척을 느꼈을 텐데도 첸은 고개를 푹 숙이고서 닭다리를 손가락으로 쿡쿡 쑤셨다. 먹는다기보다 닭다리에 화풀이를 하는 모습이다. 첸의 몸에서 찬바람이 쌩쌩 불어 선뜻 말을 붙일 수가 없다. 첸은 남자아이다. 얼굴이 가무잡잡하고 앞머리가 길다. 한국보다 베트남의 체취가 짙게 풍긴다. 첸의 이국적인 외모가 뜬금없이 어린 시절의 향수에 젖어들게 만든다.

"우리 첸이가 지금 골이 잔뜩 났지? 엄마 혼자 비행기를 타러 가서. 첸아, 엄마 금방 올 거야. 아까 약속했잖아."

치킨홍이 첸을 감싸안으며 엉덩이를 두드렸다. 첸이 닭다리를 한 손에 꼭 쥐고는 한숨을 폭 내쉰다. 내가 툭하면 버릇처럼 내쉬는 한숨 소리다. 어린애가 아니라 몸만 점점 작아지는 어른과 마주 앉은 기분이다.

"첸이 엄마가 아까 인천공항으로 떠났어. 터미널에서 엄마한테 간다고 울고불고 난리를 치면 어쩌나 했는데 끝까지 울음을 참데. 눈에 눈물이 그렁그렁해가지고."

치킨홍이 애잔한 눈빛을 하고 첸의 머리를 쓰다듬는다.

"무슨 일로 베트남에 갔어요? 아이도 데려가지……"

"친정엄마가 편찮으시대. 항공료가 부담된다고 애는 나한테 맡겼고. 어린애 항공료가 얼마나 한다고, 그 진짜 속을 누가 알겠어……"

말끝을 흐리는 치킨홍의 얼굴에 그늘이 진다. 첸이 이번에는 치킨을 혀로 핥으면서 고개를 든다. 검은 유리알처럼 반짝이는 눈과 마주쳤다. 이런 눈을 보면서는 어떤 거짓말도 못할 것 같다.

"첸이야, 일어나서 인사해. 여기서 일하는 아란이 누나
야."

"안녕하세요……"

첸이가 가느다란 목소리로 마지못해 내뱉는다.

"베트남 말로 크게 해봐."

"씬짜오."

"아란씨도 한번 해봐."

나는 얼떨결에 치킨홍이 시키는 대로 했다. 씬짜오.

"봐봐, 발음이 대번 다르잖아. 나는 우리 첸이가 베트남
어로 말할 때 제일 이뻐. 이 조그만 입에서 베트남어가 흘
러나오면 얼마나 신기한지 몰라. 내가 지금 고고치킨 주
방이 아니라 하노이나 호찌민의 예쁜 까페에 앉아 있는
것 같아."

'치킨이 맛있어요' '이모가 좋아요'를 베트남어로 말해
보라면서 치킨홍이 장난치듯 첸의 옆구리를 툭툭 건드린
다. 엄마가 떠난 후 슬픔에 잠긴 첸의 기분을 풀어주려는

것이다.

"첸이야, 아란이 누나가 베트남 동화책을 가지고 있는데 글자를 모르겠대. 첸이가 알려줘. 첸이가 선생님이네?"

나는 가방에서 베트남 동화책을 꺼냈다. 순간 첸의 얼굴이 밝아졌다. 이제야 비로소 몸만 작아진 어른이 아니라 쑥쑥 자라는 어린애로 보인다.

"이 책 우리 집에도 있어요. 엄마가 읽어줬어요."

잃어버린 물건을 찾은 듯 첸이 동화책을 덥석 집어 든다.

"정말, 베트남에서 유명한 동환가보다. 첸도 알고 있는 걸 보면. 첸이 엄마가 베트남어 교육을 철저히 시켰거든. 첸이가 베트남어보다 한국어를 잘하면 왠지 불안해하는 표정이었어. 아기 때부터 베트남 동화책을 읽어주더라고. 물론 베트남어로. 얘는 이름이 두개야. 집에서는 첸이, 서류상 이름은 예준이."

"학교에 입학하면 애들이 예준이라고 부를 텐데 헷갈리지 않을까요?"

"나도 첸이 엄마한테 그렇게 말했는데 배시시 웃기만

해, 상관 말라는 듯이. 한국으로 시집온 베트남 여자들의 사연이 대개 비슷비슷하잖아. 몸이 한국에 정박해 있으니까 모국어에 대한 집착이 생기나? 한편으론 이해가 돼. 한국어와 베트남어도 정확히 반반, 이런 심리."

첸이가 동화책을 읽으면서 "디 띰 매" "디 띰 매"라며 중얼거린다.

"그게 무슨 말이야?"

"엄마를 찾아서."

이 동화책만 있으면 언제까지나 엄마를 기다릴 수 있다는 듯 첸이의 태도가 확연히 달라졌다. 치킨홍이 베트남어를 가리키며 무슨 뜻인지 묻는다.

"옛날에 집과 쌀이 엄마랑 아빠랑 행복하게 살았어요. 음…… 어느날 나쁜 아저씨가 아빠를 죽였어요. 엄마가 집과 쌀을 데리고 도망쳤어요. 음…… 집과 쌀이 엄마를 찾으러 다녔어요."

"엄마가 어디 갔는데?"

"쌀 구하러."

챈이가 정확한 발음으로 줄거리를 말해줬다. 엄마가 베트남어 교육에 열성이었다더니 한국어도 그에 못지않게 가르친 모양이다.

"쌀 구하러 나간 엄마를 찾아다니는 이야기구나. 떡 팔러 간 엄마를 기다리는 우리 동화랑 비슷하네. 예나 지금이나, 또 국경을 초월해서 어째 엄마들은 하나같이 식량을 구하러 나가면 돌아오질 않냐. 아버지들은 죄다 어디 있나 몰라."

치킨홍이 우스꽝스러운 표정으로 입맛을 다신다.

"나쁜 아저씨가 아빠를 죽였다잖아요."

"그럼 떡 팔러 간 엄마의 남편은 어디서 뭐하는데."

"병들어 죽지 않았어요?"

치킨홍과 내가 시답잖은 대화를 나누고 있을 때 챈이가 베트남어로 동화책을 소리 내어 읽었다. 규칙적인 높낮이에 강약 조절이 분명한 말들이 챈이의 입에서 리듬감 있게 흘러나온다. 챈이가 구사하는 베트남어를 듣고 있으면 다른 공간에 앉아 있는 것 같다던 치킨홍의 말이 어떤 느낌인지 알겠다.

"이거 환상동환가보다. 집과 쌀이 인간이랑 말을 하는."

치킨홍이 동화책을 가리키며 나를 쳐다본다. 집과 쌀이
말하는 그림은 없었으니 환상동화는 아니다. 그림으로 봐
서는 엄마와 자식들이 고난을 헤쳐나가는 지극히 현실적
인 이야기다.

"오빠 이름이 집, 동생 이름이 쌀이에요. 머리를 가려줄
지붕이 있는 집과, 항아리 가득 쌀을 많이 가지라고 지어
줬대요."

"아, 그게 아이들 이름이야? 엄청 가난했구나. 오죽하면
부모가 그런 이름을 지어줬을까. 머리 가려줄 지붕이 있
는 집과 항아리 가득 쌀을 가지고 있으면 뭐가 걱정이야.
내가 죽어라 닭을 튀겨 파는 것도 결국 집과 쌀 때문이잖
아. 뜻이야 깊은데 한이 맺힌 이름 같아."

"무섭게 생긴 아저씨가 집과 쌀의 아빠를 죽인 거야?"

내가 말을 붙이자 첸이가 고개를 끄덕인다. 동화책의
페이지를 넘겨 이 호랑이는 왜 나타났느냐고 물으니 "나

쁜 아저씨가 이를 삼켰는데, 그 이가 배 속에서 '너는 사나운 호랑이로 변해라!' 이렇게 소리쳤어요"라고 대답하면서 나쁜 아저씨가 이를 집어삼키는 그림을 보여준다. 동화책을 몇번이나 봤는데도 눈에 띄지 않았던, 몸이 납작하고 까만 이였다. 우리는 한낱 미물로 취급하는 곤충이 여기서는 중요한 역할을 하고 있었다.

"이건 베트남어로 어떻게 읽어?"

집과 쌀이 산 위에서 불을 피워놓고 있는 그림 옆에 새겨진 베트남어를 가리키며 내가 또 물었다.

"너 매 과. 비 테 꼭 로이 라이 꼭 띠엡."

첸이의 목소리가 살짝 떨리면서 작아진다.

"무슨 뜻인데."

"엄마가 매일매일 너무 보고 싶었어요. 그래서 울고 또 울었어요."

하필이면 왜 그 문장이냐는 듯 치킨홍이 나를 쿡 찌르더니 얼른 책장을 넘긴다. 겨우겨우 재운 아이가 나의 실수로 깨어나 자지러지게 우는 것처럼 머쓱해진다.

"이 독수리는 정말 우람하고 멋지다. 독수리가 노란색이네? 첸이야, 집과 쌀이 독수리를 타고 어디 가는 거야?"

독수리가 그려진 페이지를 펼치면서 치킨홍이 얼른 말머리를 돌렸다.

"엄마한테 가려면 숲을 세번 지나고, 강을 네번 건너고, 산을 일곱번 넘어야 해요. 그래서 독수리가 데려다주는 거예요."

첸이가 시무룩한 표정으로 닭다리를 집어 들더니 아까처럼 집적거린다. 그때 양보가 들어왔다. 치킨홍이 반색하며 일어선다.

"양보야, 첸이 자전거 좀 태워줘. 동네 한바퀴 돌고 와."

양보가 좋다며 히죽거린다. 첸이가 닭다리를 얼른 내려놓고는 양보에게 안긴다. 양보가 마치 우람하고 멋진 독수리인 듯, 그 착한 새가 숲을 세번 지나고 강을 네번 건너고 산을 일곱번 넘어서 자기를 엄마한테 데려다주기라도 할 것처럼 첸이의 얼굴에 미소가 번졌다.

22

백세요양원은 도시 외곽에 있었다. 그쪽으로 가는 시내
버스가 없어서 마지못해 택시를 탔다. 백세요양원, 백세,
백세…… 나는 요양원의 이름을 입안에서 계속 굴려봤다.
요양원에서 환자들을 백세까지 건강히 살게 해주겠다는
말인가. 요양원의 극진한 보살핌을 받아 부모가 백세까지
산다면, 장사를 하다가 망하기 일쑤인 자식들은 무슨 재
주로 병원비를 감당할까. 또와 아저씨 부부는 부양의 짐
을 은근슬쩍 내려놓으려 한다. 보호자 연락처에 딸의 전
화번호를 적어놓고서 요양원과 거리를 두고 있다. 이해와
배려라는 안경을 쓰고 바라보면, 또와 아저씨 부부나 우
리 엄마나 식량을 구하러 나간 것이다. 어쩌면 호랑이한
테 잡혀 먹었을지도 모르고.

엊그제 선양 언니의 전화를 받았다. 이른 아침부터 전
화벨이 울려서 봤더니 낯선 번호였다. 받을까 말까 망설

이다가 통화 버튼을 눌렀다. 뜻밖에도 선양 언니였다. 이상하게 마음이 끌리더라니. 언니가 대뜸 부탁을 내밀었다. 백세요양원에 누워 있는 자기 할아버지한테 현미미숫가루를 갖다주라는 거였다.

"간병인한테 전화가 왔는데 현미미숫가루가 떨어졌대. 우리 할아버지가 앓고부터 현미미숫가루만 드신다고 했거든. 그동안 우리 엄마가 꼬박꼬박 사다줬는데 이제 그럴 사람이 없잖아. 내가 지금 수원에 있거든? 미안하지만 부탁 하나 할게. 경암동 참새방앗간에 가면 현미미숫가루를 팔아. 우리 엄마 단골집이야. 백세요양원 할아버지가 먹을 거라고 말하면 알아서 줄 거야. 들어줄 수 있지? 문자로 계좌번호 남겨, 미숫가루 값 보내줄게. 그리고 꼭 시간 내서 독감 예방주사 맞아. 올겨울은 엄청 춥대. 나도 어제 예방주사 맞았어. 세상에 믿을 사람은 자기 자신밖에 없더라."

나는 독감 예방주사를 머릿속에 입력했다. 중요한 정보였다. 엄마가 쌀을 구하러 나갔으니 돌아올 때까지 건강을 지켜야 한다. 아니, 엄마가 귀환하든 말든 체력을 길러야 어떤 상황에서도 버틸 수 있다. 현미미숫가루가 얼마나 하겠어,라는 생각으로 계좌번호를 알려주지 않으려다가 그냥 문자메시지를 보냈다. 내가 지금 호의를 베풀 처지가 아니다. 계좌번호를 찍어 보내고 하루가 지났지만 돈은 입금되지 않았다.

이왕 받은 부탁, 제대로 들어주자 싶어 어제 참새방앗간에 갔다. 선양 언니가 위치를 문자로 자세히 알려줘서 쉽게 찾았다. 참새방앗간은 작고 허름해서 참새들이나 기웃거릴 것 같았다. 곡식을 찧거나 고춧가루를 빻는 기계도 낡아서 덜덜덜 소리가 났다. 방앗간 한쪽에 참기름, 들기름, 검은깨, 청국장 따위가 차곡차곡 놓여 있었다.

"현미미숫가루 사러 왔어요. 백세요양원 할아버지가 드실 거예요."

"오늘은 어째 아주머니가 안 오시고……"

"심부름하는 거라 잘 모르겠어요."

"단풍놀이 가셨나보다. 가끔 놀기도 해야지. 그 양반도 밤낮 일에 파묻혀 살던데. 어디 일만 하나, 병든 시아버지

162

도 챙겨야지. 요즘 세상에 그런 며느리가 보기 드물지. 현미미숫가루 사가는 게 벌써 몇년째야. 환자가 우리 미숫가루만 잡수신다니 안 만들 수도 없고. 그나저나 요양원에 계신 지 얼마나 됐어요?"

"십년 가까이 됐나봐요."

"이휴, 병원에 바친 돈이 얼마야. 부모가 빨리 죽어야 자식이 살겠구먼."

참새방앗간 아주머니가 나한테 물어보지도 않고 현미미숫가루를 비닐봉지에 담았다. 1킬로그램짜리 세봉지다. 평소에 그만큼씩 샀던 모양이다. 현미미숫가루는 내가 먹으려고 구입한 4킬로그램짜리 쌀보다 비쌌다.

백세요양원은 습기를 빨아 먹는 거대한 하마 같다. 기분 탓인지 요양원에 들어서자 눅눅한 기운이 느껴졌다. 습기가 환자들 몸 구석구석까지 스며들어 겨드랑이나 배꼽 주변에 곰팡이가 피지 않을까. 내 몸에도 습기가 내려앉아 곰팡이가 슬기 시작한 것처럼 나는 손에 힘을 주어 양팔을 쓸어내렸다.

선양 언니가 할아버지의 병실 호수를 알려주면서 직접 갖다놓든지 아니면 간병인을 찾으라고 했다. 할아버지의 병실은 오층에 있었다. 때마침 엘리베이터가 일층에 머물러 있어 재깍 올라탔다. 현미미숫가루 말고 내가 잊지 않고 챙긴 것이 있다. 이만원이 들어 있던 성경책이다. 할아버지의 기억이 까매지면서 점점 바보가 되어가는 불행이 이것 때문인가 싶어 내내 마음이 무거웠다.

할아버지의 병실 앞으로 살금살금 걸어간다. 얼굴을 모르니 혹시 실수할까 싶어 병실 호수와 이름을 몇번이나 확인했다. 병실 출입문의 작은 창으로 안을 들여다봤다. 치매에 걸렸다는 조만섭 할아버지가 붕어처럼 눈을 뜨고서 천장을 응시하고 있었다. 입도 자기 의지대로 꾹 다물고 있다. 어떤 생각에 빠져 있는 모습이다. 내가 상상한 치매 환자가 아니다. 그저 나이 들어 노쇠해진 노인으로 보인다. 할아버지가 깨어 있어서 발을 내딛기가 꺼려졌지만 그렇다고 환자가 잠들기를 마냥 기다릴 수도 없었다. 조심스럽게 병실 문을 열자 할아버지가 이쪽을 흘깃 쳐다봤다. 순간 움찔했다.

"선양이."

이제나 저제나 너를 기다렸다는 듯 할아버지가 나를 선양이라고 부른다. 치매환자 맞구나, 치매환자도 이렇게 고요할 수 있구나…… 나는 그대로 서서 머리를 조아렸다. 나를 손녀로 착각한 것이 차라리 낫다. 정신이 말짱해서 나의 정체를 물으면 뭐라고 대답하나. 내 신분을 밝히다 보면 선양 언니의 집안 사정을 말할 수밖에 없는데, 그랬다간 할아버지가 충격을 받아 응급 상황이 벌어질지도 모른다. 상상만 해도 끔찍하다. 할아버지가 다시 팔을 들었다 놨다. 가까이 오라는 뜻이다. 나는 선양 언니의 대역을 하느라고 억지로 활짝 웃으며 다가갔다. 할아버지가 눈을 감았다 뜨면서 내 손을 잡는다. 어느 유적지에서 몇백년만에 출토됐다는 미라의 뼈를 만지면 이런 기분이 들까.

"어디 갔다 이제 오냐?"

할아버지가 어느 시절의 선양 언니한테 건네는 말인지 몰라 그냥 학원에서 오는 길이라고 대답했다.

"공부 열심히 하거라. 빚을 져서라도 퍼주고 싶은 게 부모 마음이다. 니들이 아니면 그 고생을 왜 하냐. 밥도 꼭꼭 챙겨 먹거라."

"병실에 아무도 없네요?"

"다들 떠났어……"

4인실 병실인데 어째 환자가 할아버지밖에 없다. 환자가 머문 흔적이 있거나, 말끔히 정리된 세개의 침대가 할아버지를 영 외톨이로 보이게 했다.

"혼자 뭐하고 계셨어요?"

"모내기도 해야 하고, 여물도 쓸어야 하고, 광에 쇠스랑도 고쳐야 하는데…… 밖에 비 오냐? 아까부터 빗소리가 들리는구나."

그렇다고 고개를 끄덕였으나 사실 오늘 날씨는 근래 들어 가장 포근하다.

"할아버지, 현미미숫가루 사왔어요."

나는 현미미숫가루가 담긴 비닐봉지를 들어올려 살살 흔들었다.

"고맙구나. 현미미숫가루가 내 밥이야."

아까부터 할아버지의 얼굴에 구멍이 뻥 뚫린 것 같다고 생각했는데 이제 보니 틀니를 빼서 그런 거였다.

"에미는 어디 갔냐?"

"엄마요?"

할아버지가 두더지 구멍 같은 입을 쩝쩝대며 묻는다. 새끼 두더지가 금방이라도 튀어나올 것 같다. 내 눈빛이 흔들리는 걸 봤나, 할아버지가 입을 벌리고서 나를 빤히 쳐다본다. '할아버지, 지금 현미미숫가루를 먹고 있을 때가 아니에요. 아들과 며느리가 사라졌어요. 병원비가 밀려서 언제 쫓겨날지 몰라요.' 내 안에서 누가 종알거린다.

"아버지랑 필리핀으로 놀러 갔어요."

할아버지가 박수 치는 시늉을 하며 빙그레 웃는다. 치아가 없어서 그런가. 어째 웃고 있는데도 우는 것 같다.

"필리핀…… 나도 가봤느니라. 옛날에 느 할머니랑 다녀왔어. 거기서 잉어도 먹고 오리도 먹고 배도 타고……"

세월이 흘러 머릿속에 안개가 자욱해도 아내와 함께 맛

본 음식은 반딧불처럼 반짝이는 모양이다. 내가 엄마와 함께 먹던 홍시를 잊지 못해 의식적으로, 또는 무심코 장바구니에 담는 것처럼. 할아버지는 어느새 추억의 회전목마를 탔는지 내게서 시선을 거뒀다. 지금 할아버지는 필리핀의 어느 도심을 할머니랑 뚜벅뚜벅 걷다가 잉어와 오리를 먹고, 통통배에 올라 뱃놀이를 즐기고 있을 것이다.

어디선가 들려오는 기침 소리가 적막감을 더한다. 침대 옆에 놓여 있는 작은 탁자에는 양은 주전자와 물잔뿐이다. 현미미숫가루를 넣으려고 냉장고를 열었더니 휑하다. 그만큼 방문객이 없다는 것이다. 만약 선양 언니조차 발길을 끊는다면 할아버지의 잉어와 오리는 누가 떠올려줄까.

"아 참, 성경책 가져왔어요."

할아버지가 꿈을 꾸다 깨어난 듯 게슴츠레한 눈으로 나를 쳐다본다. 할아버지가 얌전히 깍지를 끼고 있던 손을 풀면서 입을 달싹거린다. 옹알이하는 아기 같다. 나는 할아버지의 손이 닿기 편한 자리에 성경책을 놨다.

"이거, 천사가 주고 갔다."

"천사요?"

"내가 짚신을 만들고 있는데 방문이 열리더라? 누가 들어오나 하고 봤더니, 아, 천사더라고. 날개가 정말 크고 하얗더구나. 얼마나 눈이 부셨는지 모른다."

그 천사가 성큼성큼 다가오는 듯, 커다랗고 하얀 날개에 눈이 부신 듯, 할아버지가 손차양을 하면서 마른침을 삼킨다.

"천사가 뭐라고 해요?"

"한번 하신 약속은 끝까지 지키신다구."

"무슨 약속을 하셨는데요."

"다음에 오면 알려주마."

할아버지가 성경책 위에 손을 얹고는 뭐라고 중얼거리더니 스르르 눈을 감는다. 할아버지를 깨우려다가 바람이 들어가지 않게 이불만 잘 덮어준다. 할아버지는 침대에 누워 있는데 방금 누군가가 당신을 번쩍 안아 달아난 것처럼 병실이 무섭게 허전하다. 나는 할아버지의 얼굴에 가만히 귀를 갖다 댔다. 숨소리가 가늘게 들린다. 우람하

고 멋진 독수리로 변한 할아버지가 아들과 며느리, 손주
들을 태우고 훨훨 날아가는 모습이 벽면을 가득 채운다.

23

오늘은 집에서 일찍 나왔다. 아침부터 휴대전화가 말썽
이다. 화면을 터치해도 꿈쩍하지 않는다. 전원을 껐다 켰
다 해봐도 소용없다. 여기저기서 걸려오는 홍보 전화 말
고는 나를 찾는 사람도 없는데 공연히 초조해져서 서둘러
나가는 길이다. 꼭 이런 때를 골라 중요한 전화가 걸려오
기도 하니까. 현재 내게 그 '중요한' 대상은 엄마인데, 하
필이면 오늘 이 순간에 충동적으로 마음이 움직여 딸에게
연락할 수도 있다. 그런 생각을 하니 발걸음이 더욱 빨라
졌다.

때마침 23번 시내버스가 대기하고 있었다. '종점'은 나
에게 상반된 감정을 갖게 한다. 일을 마치고 어두컴컴한

종점에서 내리면 불쾌한 긴장감이 나를 사로잡고, 아침에 일터로 가기 위해 버스에 오르면 포만감 비슷한 감정이 발끝에서부터 스멀스멀 올라온다. 안으로 들어가는 밤에는 오직 나뿐이라서 두렵고, 밖으로 나가는 오후에는 그래도 반겨주는 사람이 있어 편안한, 종점은 언제나 두 얼굴로 내 감정을 조종한다. 나는 시내버스의 널찍한 품에 안겼다. 23번 시내버스가 느긋하게 달리는 길 양쪽에 은행나무가 늘어서 있다. 그 노란 대열은 사거리까지 이어진다. 이제 은행잎이 모두 지고, 살아남기 위해 풍겨대던 악취도 희미해진 은행나무는 백세요양원의 할아버지처럼 앙상한 몸으로 자리를 지키고 있다. 자신과의 약속을 들어주리라 믿고 하늘을 향해 침묵하는 모습이다.

전자제품 서비스센터는 이미 만원이었다. 대기 번호는 189번, 내 앞에 스물여섯명이 기다리고 있다. 다음으로 미룰 일도 아니고, 어디 다녀올 수도 없고, 시간을 고스란히 버리게 생겼다. 들어오는 순서대로 번호가 매겨지지만 제품마다 수리하는 공간이 달라서 그나마 다행이다. 전광판의 숫자가 더디게 바뀐다. 진공청소기, 압력밥솥, 프린터기 등등, 고장 난 가전제품을 들고서 사람들이 꾸준히 들어온다. 인간이 망가졌을 때 이렇게 수리해주는 곳이 있다면 서비스센터가 미어터질 것이다.

"누나!"

누나라고 부르는 목소리가 정겹다. 이렇게 나를 불러주는 동생이 있다면 질척질척한 현실을 견디기가 조금은 나았을까 생각해본다. 내 등 뒤에 있을 오누이도 쌀을 구하러 나간 엄마를 기다리고 있는지도 모르지. 문득 첸이 떠오른다. 친정어머니가 위독해서 베트남으로 날아간 첸의 엄마는 돌아왔으려나.

"누나! 아란이 누나!"

이럴 수가, 그 '누나'는 바로 나였다. 나는 반사적으로 고개를 돌렸다. 깔끔하게 차려입은 양보가 히죽히죽 웃으며 걸어온다.

"누나, 귀 먹었어? 몇번이나 불러도 몰라?"

내 팔을 툭툭 건드리면서 양보가 장난스럽게 말을 건

다. 고고치킨에 있을 때와는 딴판이다. 나를 대하는 말투나 태도도 당혹스러울 만큼 다정하다.

"나는 동생이 없으니까 당연히 아닌 줄 알았지."

대답 대신 양보가 손을 만지작거린다. 이제 보니 검정색 가죽장갑을 끼고 있다. 가죽장갑을 봐달라는 수줍은 제스처다.

"장갑 샀어? 우와, 가죽장갑이네?"

"이마트에서 만원 주고 샀어. 멋있지."

양보의 미소 짓는 얼굴을 처음 본다.

"뭐 고치러 왔어?"

"밥솥이 고장 났어. 누나! 이리 와!"

사람들을 의식하지 않고 양보가 갑자기 소리친다. 치킨홍이 이쪽으로 걸어오고 있다. 그녀 또한 트렌치코트로 멋스럽게 차려입었다. 오늘 고고치킨 남매의 옷차림이 수상하다.

"아란씨, 여긴 어쩐 일이야?"

"아침부터 휴대전화가 먹통이라서요."

"우리는 밥솥 고치러 왔어. 보온이 안 돼. 하필 보온이 야…… 내 마음도 보온이 안 돼서 죽겠는데. 하여간 우리 나라 물건은 일년쯤 사용했다 싶으면 대번 골골거려. 휴대 전화가 특히 더 그렇지. 아란씨는 대기번호가 몇번이야?"

"189번요."

"우린 201번이야. 그래도 아란씨보다 우리가 빠를걸? 휴대전화 수리 대기자가 가장 많아. 저기 가서 자판기 커 피라도 한잔 마시자."

치킨홍이 안내한 휴게실은 독립적인 공간이라 아늑하 고 차의 종류도 다양하게 준비해놨다. 나는 둥굴레차, 치 킨홍은 커피를 손에 들고 앉았다. 치킨홍이 커피를 한모 금 마시더니 입을 동그랗게 모아 숨을 내뱉는다.

"납골당에 다녀오는 길이야. 오늘이 우리 새엄마 기일 이거든."

나는 "새엄마요?" 하면서, 놀라지 않고 일부러 태연한 척했다. 치킨홍이 새엄마, 할 때 자동적으로 콩쥐나 신데 렐라의 계모가 떠올랐다. 나는 이 대목에서 스스로가 유치하다고 생각했다.

"싸구려 가죽장갑 사줬더니 신났네, 신났어. 쟤는 나랑
밖에 나오면 대번 살가워져. 분식집에서 김밥 한줄만 사
줘도 콧노래를 부른다니까. 하긴, 애가 저 모양이라 친구
가 있나, 그렇다고 보듬어줄 부모가 있나……"

그녀가 종이컵을 두 손으로 감싸 쥐면서 양보를 쳐다본
다. 내 눈길이 덩달아 그쪽으로 향한다. 실내가 훈훈한데
도 양보는 가죽장갑을 끼고서 쓸데없이 왔다 갔다 한다.

"내가 중학교 2학년 때, 그러니까 우리 엄마가 죽고 일
년이 지나서 새엄마가 우리 집에 왔어. 나보다 세살 많은
딸을 옆구리에 끼고서. 안주인이 드디어 죽었네, 하는 홀
가분하면서도 못마땅한 표정을 계속 짓고 있더라고. 오래
묵은 빚이라도 받은 여자처럼 말이야."

치킨홍이 막힘없이 자신의 사연을 털어놨다. 아버지가
사업을 한답시고 전국을 떠돌아다녀 치킨홍은 낯선 여자
들과 있는 시간이 많았다고 했다. 그럴 때마다 자기가 의
붓자식 같은 기분이 들더라고. 계모와 그 딸이 어딜 가든

붙어다녀서 어린 치킨홍은 콩쥐처럼 집안일을 도맡아 했다. 그해 뜬금없이 양보가 태어난 후 치킨홍의 사춘기가 시작됐다. 아빠와 새엄마가 만든 생명체를 볼 때마다 증오의 골이 깊어졌다. 이상한 오기도 생겼다. 그런데 어느 해부턴가 양보의 머리는 영글지 않고 몸만 자랐다. 선천적인 장애 같았다.

"양보가 어렸을 때 맹한 얼굴로 앉아 있다가도 나를 보면 누나, 하면서 활짝 웃어. 그럼 나는 얼른 피해버려. 무슨 큰 잘못을 하고 들킨 사람처럼 말이야."

양보가 가진 장애는 어떤 '벌'일 거라는 평소 생각이 차츰 지워지면서 사춘기의 열병도 사그라졌다. 치킨홍은 고등학교 졸업장을 받고 이내 고향을 떴다. 청취자가 있든 없든, 또 듣든 말든 상관없다는 듯 치킨홍이 커피를 홀짝홀짝 마시며 말꼬리를 이어갔다.

"이 도시 저 도시 떠돌다보니 그래도 만만한 게 고향이더라. 세월이 한참 흘러 내려가보니까 아버지는 돌아가셨고, 배 다른 언니는 시집가고, 새엄마와 양보 둘이 살고 있데. 내가 고향에 정착하고 이듬해 새엄마가 죽었어. 지병이 있었나봐. 얼떨결에 양보는 내 차지가 됐고……"

나도 덩달아 입이 근질근질했다. 우리 엄마도 집을 나가서 여태 돌아오지 않는다고, 집도 쌀도 돈도 없어서 학교를 관뒀다고, 망고를 즐겨 먹는 착한 독수리가 나타나 우리 엄마한테 데려다주기를 날마다 꿈꾼다는 고백을 하고 싶었다.

"당분간 아란씨가 좀 성가실지도 모르겠어."

그게 무슨 말이냐고, 내가 눈빛으로 물었다.

"내가 첸이를 데리고 있어야 할 것 같아. 애를 돌봐줄 사람이 없어."

"혹시 아빠가 없나요? 첸이 엄마는 베트남에서 언제쯤 와요?"

"말로는 일주일쯤 걸린다고 했는데, 모르지 뭐. 한달이 될지, 일년이 될지, 아니면 돌아오지 않을지……"

"돌아오지 않는다니요?"

"첸이 아빠가 내 외삼촌이야. 하나밖에 안 남은 내 소중

177

한 핏줄. 고향에 내려왔을 때 반겨준 사람은 외삼촌밖에 없었어. 그 양반은 농사를 지으면서도 돈이 되는 일이면 뭐든 했어. 총각 귀신으로 늙나 했더니, 뒤늦게 베트남 아가씨를 데려오데? 첸이가 생기고 전보다 더 억척스럽게 일을 하더니 결국 병원에 드러누웠어."

첸이 아빠의 병명은 뇌출혈이었다. 올해 더위가 재난 수준이었고, 그 폭염 속에서 일하다 의식을 잃어 급히 대학병원으로 옮겨졌다. 어렵사리 수술 날짜를 잡았으나 의사가 머리를 열어보고는 도로 덮었단다. 말하자면 골든아워를 놓친 것이다. 첸이 아빠가 논에서 의식을 잃기 전에 두번인가 쓰러졌는데 그게 뇌출혈의 초기 증상인 줄도 모르고 어지러워서 그렇다고 자가진단을 했다가 변을 당한 거였다. 첸이 엄마가 지혜를 발휘해 서둘러 병원으로 옮겼다면 환자의 상태가 달라졌을 거라며, 치킨홍이 원망하듯 말했다.

"외삼촌이 석달째 병원에 누워 있는데 식물인간이나 마찬가지야. 사실상 죽음을 기다리는 거지, 무방비 상태

로. 그리고 누워 있는 모습이 꼭 삶에 KO패 당한 사람 같
아. 첸이 엄마가 돌아오지 않을지도 모른다는 내 예감은
틀려야지. 첸이가 무슨 죄가 있다고."

"첸이는 엄마 안 찾아요?"

"꾹꾹 참는 것 같아. 차라리 울거나 떼를 쓰면 내 마음이
편하겠어. 걔가 여섯살인데 참는 게 도사 수준이야. 그 속
이 얼마나 쓰라리겠어. 근데 첸이 엄마가 정말 다른 마음을
품고 떠났다면 거둬 먹일 식구가 또 한명 느는 건가. 양보
와 나도 반반 섞인 관계, 첸이와 나도 반반. 반반끼리 모여
살아보지, 뭐. 치킨도 후라이드 반 양념 반이 맛있잖아."

치킨홍이 팔짱을 끼면서 씁쓸하게 웃는다.

"권양보! 우리 번호 떴다. 얼른 가봐."

치킨홍이 '가전제품' 쪽을 가리키면서 양보의 등을 밀
었다. 양보의 성이 권씨였구나. 양보가 수리가 끝난 밥솥
을 들고 걸어온다. 가죽장갑을 자랑하느라고 일부러 한쪽
팔을 휘휘 내저으면서.

"아란씨, 내가 왜 일부러 짬을 내서 셰익스피어 전문배

우에 가는 줄 알아?"

최감독을 짝사랑하고 있지 않느냐는 말은 차마 꺼낼 수가 없었다.

"거기가 내 무도회장이야."

"무도회장요?"

"신데렐라가 산더미처럼 쌓인 집안일을 해치우는데 그게 다 무도회 때문이잖아. 무도회장에 가서 춤도 추고 왕자도 만나려고. 나도 그래. 동화 속에서 신데렐라는 왕자를 만나지만 현실에서는 가당키나 해? 왕자인 척하는 남자들이랑 놀다가 팍팍한 현실로 복귀해서 또 꾸역꾸역 사는 거야. 나한텐 셰익스피어 전문배우가 무도회장이고 최감독이 왕자인 셈이지."

새엄마 기일에는 이상하게 더 수다쟁이가 된다면서 치킨홍이 까르르 웃는다.

"서비스센터가 장미동에 있어서 참 좋아. 나는 밥솥이든 뭐든 고장 나면 가까운 데 놔두고 꼭 이리로 와. 내가 이 동네에서 태어나 고등학교를 졸업할 때까지 살았거든."

"장미가 많이 피는 동네라서 장미동인가요?"

"그렇게 아름다운 동네였다면 아마 두고두고 그리워하지 않았겠지. 기구한 팔자를 타고 태어난 동네라서 가슴에 새겨졌을 거야. 일제 강점기 때 일본이 호남평야와 충청도 일대에서 수탈한 미곡을 임시로 쌓아두었던 창고가 장미동에 있었대. 쌀을 저장해뒀다 해서 장미동이야. 저장할 장, 쌀 미. 이백만석이 넘는 쌀이 항구를 통해 일본으로 반출됐다니까 엄청난 거지. 장미동, 미원동, 미룡동, 미장동…… 이 지역에 '미' 자가 붙은 동네가 많아. 쌀에 한이 맺혀서 그래."

"베트남 동화책에서도 딸의 이름을 쌀이라고 지어줬잖아요."

"그러니까 쌀에, 또 밥에 한이 맺혀서 그런다구. 창고에 그득그득 쌓여 있는 쌀을 고스란히 빼앗겨, 하루 이틀도 아니고 항상. 장미동은 상실감 내지는 박탈감에 찌든 동네야. 그게 내 모습 같아서 객지에 있을 때도 장미동이 눈에 밟혔어."

나는 치킨홍과 양보를 출입문까지 배웅했다.

"아란씨, 오늘 좀 일찍 출근해. 콩나물 듬뿍 넣고 아귀찜 해줄게."

치킨홍이 트렌치코트를 여미면서 계단을 내려간다. 서비스센터는 삼층에 있다. 나는 창가에 서서 아래층을 내려다봤다. 조금 뒤 남매의 모습이 보였다. 양보가 치킨홍한테 밥솥을 들게 하더니 자전거를 끌고 온다. 고고치킨 뒷마당에서 틈만 나면 매만지던 자전거다. 마른걸레와 물걸레를 번갈아 사용하며 하도 닦아서 그런지 오래된 자전거인데도 빛이 난다. 양보가 자전거에 올라탔다. 치킨홍도 짐받이에 몸을 싣는다. 양보가 "출발!" 하면서 휘파람을 길게 분다. 그 새된 소리가 마치 마라톤의 출발을 알리는 총소리 같다. 남매가 마치 날개를 펴는 것처럼 한쪽 팔을 들어 흔들면서 도심 속으로 날아갔다.

24

  23번 시내버스가 종점에 닿으면 언제나 혼자 내리는데 오늘은 놀랍게도 두 남자가 곁에 있었다. 그들이 남전연립을 향해 재빠르게 걸어가긴 했어도 버스에서 함께 내리는 그 잠깐 사이에 뜻밖의 안도감을 안겨줬다. 으슥한 밤이면 부쩍 크게 보이던 버스가 가뿐해진 몸으로 달려간다. 오늘밤은 내 발걸음도 가볍다. 그런데 의외의 상황이 또 눈앞에 펼쳐졌다. 번영슈퍼에 불이 켜져 있다니! 이곳에 살면서 처음 보는 광경이다. 나는 반가운 마음에 그리로 성큼성큼 걸었다.

  번영슈퍼의 출입문을 슬그머니 열었다. 불빛만 하얗다. 주인이 잠든 모양이다. 뭘 사려고 들른 것이 아니라서 뒤돌아서려는데 문을 여는 소리가 들린다. 노파가 잠을 털어내며 나를 빤히 쳐다본다. 집집마다의 사연을 속속들이 아는 건 물론이고 그들의 미래까지도 꿰뚫어 볼 것 같은 기이한 분위기를 풍기면서.

"뭐 주까?"

"아니에요……"

"못 보던 얼굴인데 어디 사우?"

"나무 많은 집요. 한달 전에 이사 왔어요."

나는 묵례를 하고서 그냥 나오기가 뭣해 새우깡과 핫브레이크를 집었다.

"경미 집에 사는 아가씨로구먼."

신발을 질질 끌며 다가서는 노파의 눈빛이 왠지 섬뜩하다. 등까지 굽어서 더욱 경계심이 생긴다. 노파가 나무 의자에 앉으면서 나를 살피는 게 느껴진다.

"거기서 한달이나 살았수? 오래 버티네."

한달이 무슨 십년인 듯 말하는 표정, 무엇보다 '버틴다'는 표현이 거슬린다. 분명 무슨 비밀이라도 알고 있는 말투다. 그냥 나와버리면 그만인데 나는 물건을 고르는 척일부러 뜸을 들이며 서 있었다.

"수돗가 바로 앞에 있는 방에 살지요?"

"네, 아래채요."

"주인집은 노상 비어 있지 않수?"

"가족이 어딜 자주 놀러 다니나봐요."

시간이 갈수록 삼총사의 거동이 수상하다는 말을 내뱉고 싶었으나, 젊은 애가 사람들 흉이나 본다고 할까봐 본심을 감췄다.

"미쳐서 그라지."

"네?"

"재작년 이맘때 아가씨가 지금 살고 있는 방에서 경미 애비가 죽었거든."

나는 하마터면 비명을 지를 뻔했다. 노파가 뒤쪽에 있는 의자를 끌어당겨 내 앞에 놓는다. 앉으라는 뜻인데 의자에 몸을 맡기는 순간 소용돌이 속으로 빠져들 것만 같다. 노파는 잠도 달아났겠다, 말 상대를 만났으니 이야기보따리를 풀어놓을 태세다. 얼굴에 자글자글 새겨진 주름이 이제부터 노파의 입에서 뻗어나오려는 이야기의 뿌리처럼 보인다.

"경미 애비가 오식도에 있는 공장에 댕겼거든. 자동차

맹그는 큰 회사 알지? 작년에 그 공장이 문을 닫았잖아. 그 양반이 고등학교 졸업하고 그 공장에서 지게차를 몰다가 직원이 됐다데. 공장이 문을 닫으면서 보상을 안 해주니께 천막 쳐놓고 데모도 하고 그랬나봐. 계속 그러구 살 수 있남? 처자식을 먹여 살려야 허니께 도배 일도 허고, 해망동 부둣가에서 짐도 나르고, 경비 자리도 알아본다더니 그렇게 허망허게 가뿌렸어. 급성 심장마비랴."

노파가 두 손을 오므렸다 폈다 하면서 조곤조곤 말을 잇는다. 말문은 이미 막혀버렸지만, 머릿속에서는 실직한 가장에 대한 호기심이 팽이처럼 뱅글뱅글 돌고 있었다.

"어디 자동차 맹그는 공장만 철수혔나? 배 맹그는 공장도 망혔잖여. 그렇게 큰 공장들이 문을 닫았는디 땅도 사람도 온전허겄어? 인구 반이 줄었다드만…… 공장이 사라지니께 남자들꺼정 없어져. 일자리 찾아 객지로 떠도니께. 아가씨 버스 타고 댕기지? 여기 종점까지 오면서 쭉 훑어봐. 임대니 매매라고 써붙인 가게가 널렸다구. 죽어나자빠진 곳에서 누가 살고 싶겄어. 저기 남전연립도 반

이상이 빈집이랑게. 나도 이 점방 팔아뿌리고 채송화 핀 마당에서 누렁개나 키우다 죽고 싶은디 이걸 누가 살겨. 내가 팔십 평생 살면서 이런 꼴은 처음 본당게. 어딜 가나 음산허니 귀신 나오게 생겼어."

심줄이 불거진 두 손을 맞잡으면서 노파가 한숨을 길게 내쉰다.

"휴…… 지금도 그 비명이 생생혀. 새벽에 성당 갈라고 준비허는디 비명이 들리잖어. 냉큼 나가보니께 경미 엄마 가 수돗가 앞에서 울부짖고 있더랑게."

등골이 오싹했다. 목덜미가 뻣뻣해지는데 팔다리에서 는 힘이 빠진다. 비명, 울부짖음, 전화를 받고 달려왔을 경 찰들, 사이렌 소리가 수돗가에서 들려오는 듯하다.

"경미 애비가 참 성실하고 자상했는디…… 아가씨가 살고 있는 집도 딸들 준다고 손수 지은겨. 경미랑 경희가 거기서 살았지. 수돗가도 들여놓고, 나무도 심고, 그 양반 이 손재주가 좋아서 뭐든 뚝딱뚝딱 잘 맹글었어. 경미네 집 나무들이 을매나 파릇파릇허니 싱싱혔다구. 나무들도 가슴이 있나봐. 경미 애비 죽은 이듬해부터 시들시들 말라버리데. 꽃도 피지 않고 말여. 저게 흉가지 뭐여."

더이상 말 상대를 해줄 기력이 없다. 회사에서 내쫓기고 급사한 가장의 흔적이 묻어 있을 집으로 어떻게 들어갈지, 그 생각만 단단하다. 시간은 어느새 자정을 넘겼다. 오늘도 밤새 바람이 불어댈 모양인지 번영슈퍼의 출입문이 벌써부터 들썩거린다.

"경미 엄마가 남편을 잃고 나서 툭허믄 딸들을 데리고 나돌아댕겨. 자기가 애들을 보호해야 한다믄서 꼭 끼고 다닌다구. 걔들이 둘 다 대학교에 댕겼는데 관뒀을걸. 애들까지 병이 들었는지 반항도 허지 않구 따라댕기데. 예전에는 경미 엄마도 야쿠르트 배달하면서 참 열심히 살았는디, 방글방글 웃기도 잘허고……"

나는 결국 외박하기로 했다. 도저히 들어갈 수가 없었다. 노파가 혀를 차며 입에 올리던 흉가로는 눈길도 주지 않았다. 일단 집에서 멀어지자는 생각만 붙잡고 부지런히 걸었다. 막차는 진작 끊겼다. 모두 잠든 새벽에 집을 등지고 걷는 기분이 이상야릇하다. 사람들이 무리를 이뤄 정해진 길을 따라 착착 움직이는데 나만 실수로 역행하고 있는 듯하다.

"경미 애비가 죽고 나서 아래채를 세놨거든. 근디 다들 한달도 못 살고 내빼데. 집에 있으믄 이상허게 무섭고 어디서 울음소리가 들린다. 경미 애비가 이맘때 죽었는디, 기일이 다가오면 병이 도지는가 경미 엄마가 딸들을 델꼬 시도 때도 없이 돌아댕겨."

희미한 가로등 불빛을 의지하며 걷는데 노파의 목소리가 끈끈하게 들러붙는다. 살아 움직이는 듯하던 바람과 뱀처럼 기어드는 달빛 때문에 나도 자주 잠을 설쳤다. 아버지가 손수 지어준 집에서 자매는 깔깔대며 수다를 떨고, 영화를 다운받아 보고, 빵과 케이크를 만들며 꿈을 키웠겠지. 나는 걸음을 멈추고 서서 눈을 질끈 감았다. 갑자기 어지럽고 속이 메스껍다. 마치 롤러코스터를 타고 있는 것처럼 동네가 빙그르르 돈다.

25

"언제부터 이런 증상이 나타났죠?"

의사가 모니터와 나를 번갈아 쳐다보며 묻는다.

"가끔 어지럽거나 메스꺼운데, 천장이 빙글빙글 도는 증상은 처음이에요."

"롤테스트 해봅시다. 이쪽으로 누워보세요. 외투 벗으시고요."

의사가 시키는 대로 천장을 보고 반듯하게 누웠다. 수술대에 오른 것처럼 두근거린다. 의사가 내 몸을 왼쪽으로 돌린다. 옆으로 누운 자세가 되었다. 내 얼굴을, 또 눈을 유심히 살핀다. 의사가 이번에는 내 몸을 오른쪽으로 돌린다. 아까처럼 눈을 관찰한다. 롤테스트는 간단히 끝났다.

"이석증입니다."

"그게 뭐예요?"

"제자리에 있어야 할 귀의 돌이 여기저기 돌아다니는

병이에요.”

몸 안에 돌이 돌아다닌다는 말만 들어도 덜컥 겁이 난다. 근데 '제자리에 있어야 할 돌'이라면, 원래 우리 몸에 돌이 박혀 있다는 말인가? 도대체 무슨 말인지 모르겠다. 어쨌든 이상한 돌이 잠자코 있지 않고 돌아다닌다니, 이 판국에 내가 심각한 병까지 얻나 싶어 눈앞이 뿌예진다.

“겁내지 마세요. 수술은 물론 약물도 필요 없으니까요. 물리치료만으로도 회복이 가능합니다.”

나는 의사의 진단보다 부드러운 말투와 표정 때문에 좀 진정이 됐다. 살짝 미소만 지어도 활짝 웃는 것처럼 보이는 인상이다. 의사가 귀 모형을 보여주면서 말을 잇는다.

“우리 귓속엔 평형을 담당하는 전정기관이 있어요. 바로 이 부분입니다. 달팽이관, 세반고리관, 이석으로 구성되어 있죠. 이석은 여기 달팽이관 밑에 있어야 해요. 이석이란 돌가루를 말합니다. 칼슘 덩어리죠. 귀 이, 돌 석, 그래서 이석이에요. 이 돌가루가 돌아다니다가 여기 이 세반고리관으로 들어가서 회전을 담당하는 감각기관에 붙어서 자극해요. 그래서 어지럼증을 유발하는 겁니다."

내가 고등학생인 줄 아는 듯 모형도를 짚어가며 알기 쉽게 설명해줬다. 돌가루가 자기 자리에서 잠깐 벗어났을 뿐인데 나를 단번에 주저앉혀버리다니. 이석증은 중년층에 자주 오는 병인데 최근에는 젊은 사람들도 많이 걸린다고 했다. 입시나 취업이 불러들인 스트레스 때문이다. 스트레스 수치라면 나도 뒤지지 않는다.

"자, 치료를 시작하죠. 문제의 돌을 원래 위치에 갖다 놓을 겁니다. 바비큐치료법이라고, 제가 김아란 씨의 몸을 바비큐처럼 돌릴 거예요."

의사의 부드러운 눈빛을 믿고 나는 다시 간이침대에 누웠다. 천장을 바라보고 있는 내 머리를 의사가 조금 들어올린다. 그러고는 좌측으로 몸을 돌려 일분쯤 가만히 있더니 방향을 바꿔서 또 그만큼 기다리고, 다시 엎드리게 했다. 단순하고 간단해서 이게 무슨 치료가 될까 싶은데 언뜻 쳐다본 의사의 표정은 수맥을 짚는 사람처럼 진지하다. 가급적 스트레스를 받지 말고 당분간 집에서 편히 쉬라고 했지만 의사의 처방을 따르기는 어렵겠다.

　의사가 안정을 취하라고 해서 느릿느릿 걸었다. 천천히 걷고, 머릿속을 비우고, 삼각김밥 대신 소고기김밥을 먹고. 내가 지킬 수 있는 최선의 치료법이다. 치킨홍에게 말하고 오늘은 쉴까 했는데 그러면 하루 알바비가 날아간다. 손님이 북적거리는 일터도 아니니까 견뎌보기로 한다. 걷다가 힘이 들면 편의점에서 박카스도 사 먹고, 하늘도 쳐다보면서 기운을 차려보자. 순간 내 눈이 휘둥그레졌다. 저쪽에 말이 서 있었기 때문이다. 몸집도 크다. 멧돼지처럼 먹이를 찾아 걷다보니 여기까지 오게 됐나, 나는 허리를 곧추세우고 재게 걸었다.

　그럼 그렇지, 한눈에 들어온 동물은 모형 말이었다. '뛰어보자 폴짝'이라는 대형 양말가게에서 행인들의 시선을 끌기 위해 세워둔 홍보물. 뛰어보자 폴짝. 나도 모르게 뒤꿈치가 들리는 이름이다. 쇼윈도의 크고 작은 발들이 색깔도 모양도 제각각인 양말을 신고서 맵시를 뽐내고 있다. 누군가가 등을 밀어주면 언제라도 뛰어나갈 준비가 되어 있는 발들. 나는 그대로 앉아 목이 늘어난 양말을 죽 잡아당겼다. 발바닥에 탄력이 붙는 느낌이다. 뛰어보자 폴짝의 홍보 도우미는 부산스럽게 몸을 흔들거나 시끄럽게 굴지 않는다. 그저 호위병처럼 늠름히 서 있을 뿐이다. 구경꾼이 하나둘씩 모여든다. 진짜 말인 줄 알았어, 이 갈기좀 봐, 하면서 그들은 사진을 찍거나 동영상을 촬영하기에 바쁘다. 눈이 유달리 큰 말을 집으로 들어가는 좁다란 길에 세워두면 얼마나 든든할까. 그러면 무서움을 떨치려고 심호흡을 하거나 트로트를 부르지 않아도 되겠지.

나는 휴대전화를 열어 포털사이트의 검색창에 '말'을 입력했다. 관련 내용이 주르르 뜬다. 말은 사람들과 잘 어울리며 의리가 강해서 먼저 배신하지 않는다. 뇌가 특별히 발달해서 상황 판단을 잘한다. 타고난 신체조건 덕분에 그는 빨리, 오래 뛸 수 있다. 위가 작아 시장기를 자주 느끼고, 단맛과 녹색을 좋아하며, 뜻밖에도 공포심이 많다. 화가 나면 땀을 많이 흘린다. 고통에 시달리면 똑바로 서지 못하고 쓰러져버린다…… 말은 완전히 내 이상형이다. 무엇보다 먼저 배신하지 않고, 상황 판단을 잘하는 점이 마음에 든다. 이런 성격이라면 어떤 환경에서도 살아남을 수 있다. 위가 작아서 시장기를 자주 느끼는 체질도 나랑 똑같다. 이상형이지만 이루어질 수 없는 상대를 보고 있으려니 엄마의 남편, 그러니까 우리 아버지가 떠오른다. 아버지의 성이 김씨라는 사실 말고는 아무것도 모른다. 아버지에 대해 엄마에게 딱 두번 물어본 적이 있다. "아빠는 어디 있어?" "아빠는 언제 죽었어?" 대답은 '무시'였다. 아버지가 배신을 잘하고 상황 판단을 못한 인간이라서 입에 담는 것조차 싫었나. 아니면 애타게 사랑하다 어쩔 수 없이 작별한 남자라서 떠올리는 자체가 고통이었을까. 나는 뛰어보자 폴짝의 마스코트에게 '페가수스'라는 이름을 지어줬다. 그리스 신화 속에서 하늘을 날아다니는 페가수스. 제자리를 이탈한 돌이 감각기관을 건드려 어지러울 때 페가수스를 타고서 별이 빛나는 밤하늘을 날아다니면 아파도 행복하겠네.

26

習관적으로 23번 시내버스를 탔다. 누가 건드려서 눈을
떠보니 어느새 종점이었다. 버스기사가 나를 깨운 거였
다. 아저씨는 버스에서 내려 기지개를 켜거나 두 팔을 이
리저리 움직이면서 몸을 풀고 있었다. 정해진 코스를 돌
고 종점까지 오는 동안 방전된 몸에 배터리를 충전하는
모습이다. 스트레칭을 끝낸 아저씨가 누군가와 통화를 한
다. 그래, 그래, 하면서 미소 짓는 아저씨의 얼굴을 보니
갑자기 쓸쓸해진다. 나도 누군가에게 웃음을 주고 또 얻
기도 한다면, 내 몸속에서 일탈한 돌이 의사의 도움 없이
도 제자리를 찾을 수 있으려나. 버스기사 아저씨는 음식
점 주방에서 설거지를 해주며 돈을 버는 아내나, 오늘부
터 기말고사를 치르는 딸에게 '힘내라, 조금 더 고생하자'
며 뜨끈한 입김을 불어넣어줬을지도 모른다.
　시내버스가 떠난 휑한 자리에 나는 우두커니 서 있었

다. 집에 들어가려면 평소와는 다른 용기가 필요하다. 내 몸에 길들여진 무서움이나 두려움과는 차원이 다른 감정이다. 안채와 아래채를 포위한 나무들이 오늘따라 더욱 음산해 보인다. 자동차를 생산하는 공장에서 근무했던 가장이 죽은 후 병색이 짙어진 나무들. 그 안에 들어왔다 사라지는 바람과 달빛도 이상하게 거칠고 차가웠다. 나는 목을 뒤로 꺾으며 심호흡을 했다. 너한테 안타까운 사연을 들려주려고 그날만 불을 켜놓았다는 듯 번영슈퍼의 출입문이 여느 때처럼 단단히 잠겨 있다. 남전연립에서 아이들이 뛰어나온다. 반 이상이 빈집이라는 말을 들어서일까. 아이들의 등장이 무척 반갑다. 오늘은 날씨도 따뜻하다. 오늘부터 예년 기온을 회복한다는 일기예보를 들었는데 그 날씨 변화가 당분간이 아니라 계속됐으면…… 덩달아 내 일상도 예년 기온을 되찾았으면 좋겠다. 온기를 머금은 부드러운 바람이 내 머리를 살살 건드리며 지나간다.

안채의 엄마와 딸들은 오늘도 어느 산이나 강가나 들판을 거닐고 있을까. 남편 또는 아빠를 찾아서. 식량이 떨어져 배를 곯지나 않는지, 엉뚱한 동정심도 밀려온다. 어떤 남매는 숲을 세번 지나고, 강을 네번 건너고, 산을 일곱번 넘어서 엄마를 만났는데, 안채의 삼총사는 얼마나 헤매고 다녀야 가장과 조우할 수 있을까. 계속 서 있자니 어질어질해서 보도블록에 가방을 깔고 앉으려는데 뭔가 딱딱한 물건이 만져진다. 가방을 열어본다. 얼마 전 인터넷 서점에서 책을 구입하면서 사은품으로 받은, 세계명작 도서의 표지를 본뜬 '데미안' 노트다. 눈이 소복하게 쌓인 듯한 노트에 내 발자국을 새기고 싶었는데 여태 가지고만 다녔다. 가방 속에 있는 것도 까맣게 잊었다. 한 글자도 쓰지 않은 텅 빈 노트가 마치 하얀 구멍 같다. 작가의 얼굴이 노트 표지를 장식하고, 그 아래 널리 알려진 명문장이 새겨져 있다. 새는 알에서 나오려 투쟁하고, 태어나려는 자는 하나의 세계를 깨뜨려야 한다는…… 그때 잡초가 무성히 자란 길에서 악악거리는 소리가 들리더니 주인아주머니가 황급히 뛰어나왔다. 그 모습보다 안채에 사람이 있었다는 사실이 더 놀랍다. 주인아주머니가 당황한 기색이

역력한 얼굴로 바지 주머니에서 휴대전화를 꺼낸다.

"경미야! 너 지금 어디야! 왜 전화를 안 받아. 혼자 돌아다니면 위험하다고 했잖아. 빨리 들어와, 응? 우리 내일 달맞이하러 가기로 했잖아. 얼른 들어와서 콩도 볶고 만두도 빚고 보리차도 끓여야지. 경미야, 이제 니가 하자는 대로 할게. 옛날처럼 야쿠르트 배달도 하고 저녁에는 뜨개질도 할 거야. 진짜 약속할게, 경미야⋯⋯"

나는 남편을 잃고 반쯤 정신이 나간 주인아주머니를 똑바로 쳐다본다. 경미에게 문자를 보내는지 휴대전화와 눈을 맞추고 있던 주인아주머니가 내게로 걸어왔다. 공연히 겁이 났다. 발걸음이 왜 저렇게 부자연스럽나 했더니 신발을 짝짝이로 신었다.

"우리 경미 못 봤어요?"

주인아주머니가 숨을 몰아쉬면서 묻는다. 절박한 표정에서 공포감을 느낄 수도 있구나. 나는 눈을 동그랗게 뜨면서 고개를 흔들었다. 딸을 애타게 찾는 여자의 얼굴이 부쩍 해쓱해 보였다. 주인아주머니가 사방을 두리번거리더니 시내버스가 다니는 길로 뛰어간다. "경미야, 경미야, 어디로 간 거야!" 목이 터져라 외치는 그리움이 허공에 메아리친다. 동시에 어지럼증이 인다. 윤기를 잃어버린 나무들과 침침한 번영슈퍼와 맑은 하늘이 뒤엉켜 회전한다. 속이 메스껍고 입안에 침이 고인다. 의사가 바비큐치료법으로 원래 자리에 갖다놓은 돌이 튀어나온 모양이다. 일부러 눈을 크게 떠본다. 주인아주머니가 돌처럼 굴러가고 있다. 나도 힘을 내어 집까지 돌처럼 굴러가보기로 한다. 새는 알에서 나오려고 투쟁을 하고…… 나도 알에서 나오려고 안간힘을 쓰는데 연약한 다리가 부러질 지경이다. 태어나려는 자는 하나의 세계를 깨뜨려야 하고…… 그 세계를 깨뜨리지 못하면 나는 정말 다시 태어나지 못할까.

안채의 문이 죄다 열려 있다. 경미 여동생 경희가 수돗가에 주저앉아 흐느낀다. 도대체 무슨 일이 벌어졌는지 궁금하지만 이 상황에서는 조용히 피해주는 것이 위로다. 열쇠를 꺼내 문을 연다. 비좁고 컴컴한 주방을 거쳐 방으로 들어가자 달달한 냄새가 풍겨온다. 방 안을 둘러본다.

그건 붉은 알전구 같은 홍시들이 소쿠리 안에서 풍기는 냄새였다. 시장이나 마트를 둘러보다가 홍시가 눈에 띄면 나도 모르게 발길이 머물곤 했다. 잘 먹지도 않는 홍시를 습관처럼 샀는데 어느새 소쿠리 한가득이다. 이걸 언제 다 먹는담. 달달한 냄새는 홍시가 터져서 풍긴 거였다. 사오는 대로 소쿠리에 넣다보니, 또 오래되니까 살갗이 터진 것처럼 문드러졌다. 홍시를 하나씩 하나씩 방바닥에 내놓고 다섯개씩 줄을 맞춘다. 홍시는 총 스물일곱개다. 홍시들이 정사각형의 집에 모였다. 와글거리는 소리가 들린다. 일부러, 또는 무심코 샀던 홍시 스물일곱개. 백개를 채워볼까. 이백개도 좋지. 그럼 나는 홍시랑 살겠네. 홍시라도 괜찮아. 내게는 홍시뿐이야.

27

오랜만에 단잠을 잤다. 신기하게도 방금 눈을 뜰 때까

지, 밤마다 잠을 설치게 만들던 바람 소리가 들리지 않았다. 잡다한 꿈의 방해도 받지 않고 완벽하게 잠의 보호 아래 있었다. 이 집에 살면서 처음 맛보는 달콤함이다. 숙면하는 동안 누군가가 나의 머릿속을 백지 상태로 만들어놓았나. 머릿속이 텅 빈 느낌이다. 잠을 푹 자니까 오히려 기운이 없다. 그대로 누워서 머리를 이리저리 움직이며 방 안을 살펴본다. 생활정보지를 통해 무료로 얻거나 싼값에 구입한 살림살이가 제법 의젓하게 자리를 지키고 있다. 최근에 낡은 전기스토브를 공짜로 얻었는데 아직 한번도 사용하지 않았다. 전기세가 많이 나온다고 하니 어쩔 수 없다. 텔레비전만큼은 '무료로 드립니다'에서 낚아 올리기 싫다. 평면보다는 적당히 휘어진 곡면에 초고화질 텔레비전을 내 손으로 장만하고 싶다.

내 눈길이 창문에 닿는 순간 텅 빈 머릿속이 차오르는가 싶더니 이 방에서 급성 심장마비로 죽었다던 남자의 형체가 드러난다. 경미와 경희를 적당히 섞어놓은 얼굴. 어디론가 사라진 경미는 돌아왔을까. 날짜를 헤아려본다.

주인아주머니가 경미를 부르며 울부짖던 날로부터 이틀
이 지났다. 번영슈퍼 할머니한테 안채의 속사정을 듣고는
당장 이곳에서 벗어나야겠다고 생각했는데 무슨 일이 있
었냐는 듯 나도 모르게 시간이 흘렀다. 단잠까지 자고 일
어난 이 마음의 고요가 어디서 연유한 것인지 의아할 뿐
이다. 하루아침에 직장을 잃어버리고 그 충격으로 영영
눈을 감은 딸들의 아빠, 그 참혹한 현실보다는 그래도 내
처지가 낫다는 자기위안이 그 무서움과 두려움을 없애준
거라면 왠지 부끄러워진다. 솔직히 내 처지가 안채의 삼
총사보다 나을 것도 없다. 엄마가 죽었는지 살았는지 알
길이 없는 행방불명의 상태가 오히려 더 비참할지도 모른
다. 이건 현재진행형이니까.

그만 일어나야지, 일어나야지, 하며 뭉그적거리고 있는
데 휴대전화의 벨이 울렸다. 액정에 '선양 언니'가 떠오른
다. 오늘은 또 무슨 일로 나를 찾으시나. 일부러 전화를 받
지 않았다. 벨이 여러번 울리다가 끊어지더니 바로 문자
가 날아왔다. 할아버지한테 현미미숫가루를 사다줘서 고

203

맙단다. 그러고 보니 현미미숫가루 값을 아직 받지 못했다. 내 형편을 뻔히 알면서 어떻게 그 돈을 모른 체하나. 앞으로 심부름 따위는 절대 하지 않을 것이다. 문자 도착 알림 소리가 들려서 봤더니 또 선양 언니다. 이번에는 아무 말 없이 무슨 동시를 적어 보냈다. 현미미숫가루 값을 대신하는 동시라는 듯이.

길러지는 것은 신비하지 않아요

소나 돼지나 염소나 닭

모두 시시해요

그러나, 다람쥐는

볼수록 신기해요

어디서 죽는 줄 모르는

하늘의 새

바라볼수록 신기해요……

"저리 가, 저리 가."

선양 언니가 보내준 동시를 반복해서 읽고 있는데 무언가를 쫓아내는 목소리가 들려왔다. 이 시간에 문밖에서 바람 소리가 아니라 사람 소리가 들리는 것도 처음 있는 일이다. 오늘은 이래저래 이상한 날이다.

대충 옷을 챙겨 입고 나갔더니 나무들이 뿌리를 내린 곳에 경미 동생 경희가 쭈그리고 앉아 있었다. 머릿속으로 이것저것 따지지 않고 그냥 마음이 시키는 대로 다가갔다. 핑크색 플라스틱 볼에 무슨 풀들이 반쯤 담겨 있었다.

"뭐해요?"

경희가 햇살 때문에 한쪽 눈을 찡그리며 나를 쳐다본다. 엊그제 수돗가에 주저앉아 울고 있던 경희의 모습이 겹쳐진다. 가까이에서 보니 순하고 앳된 얼굴이다.

"길고양이들이 왔어요."

"아, 고양이를 쫓는 소리였구나. 나무가 많으니까 고양이들이 살기에 좋겠네요."

"부부인지 남매인지 부모 자식 간인지 모르겠는 애들이 꼭 이맘때면 나타나요. 검은 고양이예요."

경미의 안부를 물어보려다가 관뒀다. 잠깐 방황을 하고 귀가했으면 다행인데, 만약 아직까지 연락두절이라면 애써 다독이고 있을 경희의 마음을 헤집어놓는 꼴이 될 테니까.

"이건 뭐예요?"

"냉이요."

"냉이? 냉이는 봄나물 아니에요?"

"가을에도 겨울에도 냉이가 나와요. 우리 집에서 냉이
가 자란다고 신기해했는데…… 우리 아빠가 겨울 냉이를
좋아했어요."

경희의 입에서 나온 '우리 아빠'가 무슨 금기어인 것처
럼 순간 가슴이 철렁했다. 경희나 주인아주머니가 먼저
말하기 전까지는 번영슈퍼 할머니에게 전해 들은 이야기
를 가슴속에 담아둘 생각이었다. 그게 배려이자 예의 같
았다. 나는 몇발짝 움직여 경희와의 거리를 좁혔다. 어쭙
잖은 위로라도 건네고 싶은 마음에서였다. 경희는 방금
냉이를 캐낸 땅을 물끄러미 바라보고 있었다.

"누가 그러는데 소나 염소나 닭은 모두 시시하대요."

고개를 숙이고 있던 경희가 '왜요?'라는 표정으로 나를
쳐다본다.

"길러져서 그렇대요. 다람쥐나 하늘의 새는 바라볼수록 신기하대요."

"자기들 마음대로 돌아다니니까?"

내가 웃으면서 고개를 끄덕였다. 경희도 미소를 짓는다.

"길러지는 것은 아무리 덩치가 커도 볼품이 없대요. 그러면서 자기는 아무도 자기를 기르지 못하게 하겠대요. 자기 혼자 자라겠다고."

28

어제 주방에서 배달용 치킨 박스를 접고 있는데 치킨홍이 내일 아침 열시까지 가게로 오라고 했다. 몸에 찌든 기름 냄새를 없앨 때가 왔다면서 대천에 가서 회를 먹자고 했다.

"내가 바싹 튀겨진 통닭 같은 기분이 들 때가 있어. 그런 날은 보디클렌저로 아무리 몸을 씻어도 역겨운 닭 냄새가 가시지 않아. 우리 집 욕실에 보디클렌저가 얼마나 많다구. 향기도 가지각색이야. 나는 보디클렌저를 살 때 진열대 앞에 서서 일일이 냄새를 맡아봐. 그렇게 골라도 닭 냄새는 못 이겨. 고질병 같은 악취를 한방에 날리는 건 생선회밖에 없더라. 그것도 바닷가에서 먹는 회. 그 날것을 입에 넣으면 찌들 대로 찌든 냄새가 연기처럼 날아가."

치킨홍은 자기 몸에서 악취가 진동할 때면 미련 없이 가게 문을 닫는다고 했다. 냄새 제거가 목적인, 충동적인 나들이라서 휴무일을 따로 정해놓지는 않는다. 그래도 장사가 우선이라 1박 2일은 무리고 당일치기로 길을 나선다고 했다. 양보와 첸도 데려갈 거라고, 한솥밥을 먹으면 식구나 마찬가지라면서 내게 손을 내밀었지만 망설여졌다. 나까지 챙기는 치킨홍의 마음이 별처럼 반짝반짝 빛나는 반면 내 마음에는 먹구름이 일고 있었기 때문이다. 엄마와 바닷가에 언제 가봤더라. 내 기억에는 없다. 생선회는 텔레비전에서나 구경해봤다. 엄마에 대한 미움과 불신이 꾸준히 차올랐지만 태어나 아직 한번도 맛본 적이 없는 생선회는 엄마랑 처음 먹고 싶다. 무슨 말결에 첸이 아빠의 안부를 물었더니, 그렇게 애지중지하던 첸도 알아보지 못하면서 누워만 있다고 했다.

"아빠가 앞으로 겨울잠을 오래 자야 한다고 첸이한테 말해줬어. 곰도 그렇고 뱀도 그렇고 겨울잠을 자려면 아빠처럼 얼굴이 바보 같아진다고. 그랬더니 뭐라는 줄 알아? 아빠가 아픈 거 다 안다면서 빨리 낫게 해달라고 매일 밤 기도한대. 애는 현실적이고 이성적인데 정작 내가 철딱서니가 없어. 무슨 겨울잠 타령이야."

동행은 하지 않아도 배웅은 해주고 싶어서 일찍 집을 나섰다. 고고치킨의 뒷문으로 들어가니 세 사람이 벌써 나와 있었다. 어느새 김밥까지 쌌다. 과일이며 과자도 종이백에 담겨 있었다. 첸과 양보에게 소풍 가는 기분을 느끼게 해주려는 치킨홍의 마음이 엿보였다. 나는 베트남 동화책을 챙겨왔다. 아빠가 빨리 일어날 수 있게 기도한다는 첸에게 애정이나 친절 말고 물질적인 뭔가를 손에 쥐여주고 싶었다. 그때 베트남 동화책이 퍼뜩 떠올랐다. 역시 뭐든 임자가 따로 있는 법이다. 이것도 여행이라고 애나 어른이나 밤잠을 설쳤다며 치킨홍이 소파에 드러누웠다.

"이제 시작인데 여행지에서 막 돌아온 기분이야. 십분만 누워 있다가 출발해야지. 오늘 같이 갈 거지?"

치킨홍이 눈을 감으면서 잠꼬대하듯 묻는다. 사실 나는 다른 계획을 만지작거리고 있었다. 어제 치킨홍이 닭 냄새 운운하며 대천해수욕장에 가자고 말했을 때 그 메일이 문득 떠올랐다. 메일이 도착하면 휴대전화가 재깍 알려주는데 대개 스팸메일이었다. 나는 그것을 그대로 놔두거나 바로 지우지 않고 꼬박꼬박 읽어봤다. 광고전화인 줄 알면서도 통화 버튼을 누르듯이. 어떤 날은 아무리 불러도 대답이 없는 엄마보다, 내가 싫다는데도 줄기차게 말을 거는 스팸메일이나 광고전화가 더 인간적으로 느껴졌다.

며칠 전에 받은 메일 제목은 '해운대 북극곰 축제'였다. 그 여덟 글자를 보는 순간 파도 소리가 귓속에 가득 차면서 하늘로 붕 떠오르는 기분이 들었다. 메일을 열자 커다란 포스터가 한눈에 들어왔다. 바다 같은 포스터 한가운데 행사명이 영문으로 크게 새겨져 있고, 북극곰들이 익살스러운 표정으로 헤엄을 치거나 얼음 위에 앉아 있었다. 파도, 갈매기, 뱃고동 소리가 유쾌하게 들리는, 말하자면 청각적인 이미지가 살아 있는 포스터였다. 나도 그 바닷속으로 풍덩 빠지고 싶었다. 처음에는 포스터를 바라보며 눈요기를 하는 걸로 만족했는데, 실수인지 뭔지 축제를 알리는 메일이 하루건너 한번꼴로 배달됐다. 그러니까 똑같은 메일을 다섯번이나 받은 것이다.

제목을 클릭하면 파란 바다 안의 북극곰들이 나를 반겼다. 윙크를 하거나 함박웃음을 짓고 손가락으로 V자를 그리면서. 어서 달려와 우리랑 놀자고 부추기는 것 같았다. 그제야 이게 무슨 축제인지 궁금해졌는데 일시와 장소만 적혀 있어 그 내용을 알 길이 없었다. 북극곰 축제라면 북극에서 데려온 북극곰들이 해수욕장에서 재주를 부리나? 돌고래 쇼처럼? 빙하가 녹아 멸종 위기에 처한 북극곰들이 생존을 위해 서식지를 떠나기로 결심했는지도 모른다. 인간이라는 해괴한 동물 앞에서 춤을 추고, 점프를 하고,

어쩌면 말도 배워 '안녕하세요' '고맙습니다'를 외치기도 할 북극곰들. 갑자기 마음이 싱숭생숭해지면서 그 축제에 부쩍 관심이 생겼다.

검색해보니 여기서 부산까지 가는 데 시외버스 4시간, 승용차로는 약 3시간 30분, 기차는 4시간 넘게 걸린다. 시외버스는 부산까지 직통이고, 기차로 가려면 익산역이나 대전역에서 타야 한다. 여기서 바로 떠나는 기차가 없다. 요즘은 시외버스가 저렴하다. 택시를 대절하면 요금이 대략 삼십오만원이었다. 택시비를 보는 순간 헛바닥이 불쑥 튀어나왔다. 이동시간이 비슷하다면 여러모로 시외버스가 낫다. 축제는 이번 주 주말이었다. 오늘이 목요일이니까 치킨홍을 따라가서 놀다 와도 되는데 그냥 배웅만 하기로 했다. 해운대해수욕장은 머리털 나고 처음 가보는 곳이라 긴장이 됐다. 하룻밤 묵고 오자는 엄두도 내고 있어서 이것저것 준비할 것도 많았다.

"참다랑어 알아?"

십분만 눈을 붙이겠다던 치킨홍이 정확히 시간을 채우

고는 입을 열었다.

"처음 들어봐요."

"우리가 참치라고 부르는 생선이 참다랑어래."

"아."

"체중이 오백 킬로그램 이상 되는 녀석들도 있다네. 몸은 최대 백육십 센티미터까지 자라고."

"몸무게가 오백 킬로그램이면 어마어마하네요."

"참다랑어는 태어나서부터 죽을 때까지 단 한순간도 멈추지 않고 헤엄친다더라. 주체할 수 없는 질주 본능 때문에 그렇대. 슬프지 않아? 본능을 자제하지 못해서 잠시도 멈출 수 없는 삶이라니……"

"그래도 잘 때는 헤엄치지 않겠죠."

"밤에는 속도를 낮춰 잠이 든 채로 유영한다잖아. 본능이 그렇게 무섭다고. 내가 요즘 첸이 때문에 어린이 동물책을 자주 보거든. 근데 책을 읽다보면 죄다 몰랐던 이야기야. 아란씨, 송충이가 어디로 소리를 듣는 줄 알아?"

"귀로 듣겠죠."

송충이한테 무슨 귀가 있느냐며 치킨홍이 깔깔거린다.

"털이야, 털."

"털로 소리를요?"

"소리가 들리면 털이 막 떨린대. 이 진동이 송충이의 신경계에 전달되어 소리를 판단하고. 책에 '송충이는 털로 소리를 듣는다'는 문장이 있었는데 상상력을 자극하더라. 그건 나도 할 수 있을 것 같아."

"털로 소리를 듣는 걸요?"

"응, 야심한 시간에 몸의 구멍을 죄다 막고서 정신을 집중하면 내 털들이 소리를 감지할 것 같아. 정신력이 강해야만 느낄 수 있는…… 이것 말고도 신기한 이야기가 많아. 어린이 동물책에 '꼬마 지식인을 위한 길잡이'라는 난이 있거든? 참다랑어나 송충이, 두꺼비, 뱀의 생태를 가만히 들여다보고 있으면 어떤 땐 개들이 내 삶의 길잡이가 되어준다니까."

치킨홍이 소파에서 벌떡 일어난다. 그러더니 코를 몸 여기저기에 대면서 장난기 어린 표정으로 냄새를 맡는다. 나를 쳐다보면서 우스꽝스럽게 얼굴을 찡그린다. 몸에서 기름에 찌든 통닭 냄새가 난다는 뜻이겠지. 내가 웃었더니 자기도 눈웃음을 친다. 치킨홍이 주방 쪽에 대고 양보와 첸을 부른다. 오늘도 양보는 자전거를 만지작거리고 있는 모양이다. 양보라면 분명 어둑어둑한 집에 혼자 남아야 하는 자전거를 위로해줬을 것이다. 누나랑 놀러 갔다 올 테니까 외롭고 무서워도 꾹 참고 있으라고, 내일은 둘이서 들판을 쌩쌩 달려보자고.

"어? 이게 뭐지?"

휴대전화를 보면서 나도 모르게 큰 소리로 말했다.

"왜 그래, 무슨 일 생겼어?"

"참가 접수가 마감됐대요."

29

우리는 예정 시간보다 좀 일찍 출발했다. 치킨홍이 아

침저녁으로 몰고 다니는 경차에 네 사람이 타니까 차가 푹 가라앉는 것 같았다. 치킨홍이 운전대를 잡고, 나는 조수석, 첸과 양보가 뒷자리에 앉았다. 머슴애들은 뭐가 그렇게도 좋은지 계속 웃고 장난친다. 치킨홍도 싱글벙글 콧노래를 불렀다. 나만 흥이 나지 않았다. 그동안 벼르고 별러왔던 일이 틀어진 것도 아닌데 착잡했다. 어제부터 내 머릿속에는 축제 포스터가 걸려 있었다. 이틀만 지나면 스스로 계획한 여행길에 오른다고 생각하니 가슴이 두근거렸다. 내게는 모험과도 같은 여정이 될 테니까.

내 마음은 콩밭에 있었고, 아까 그 '콩밭'을 또 기웃대다가 무심코 휴대전화 화면을 터치했는데, 놀랍게도 포스터가 양쪽으로 쫙 열리면서 동영상이 재생됐다. 흥겨운 음악이 흐르면서 커다란 박스가 떠올랐다. 북극곰 축제의 참가 접수가 마감됐다는 내용이 그 안에 담겨 있었다. 아, 그래서 똑같은 메일을 계속 보냈구나, 빨리 참가 신청을 하라고. 손가락 하나로 포스터가 움직일 줄은 상상도 못했다. 배경음악에 따라 바뀌는 화면을 살펴보니 이 축제는 겨울바다에 뛰어들어 수영을 즐기는 행사였다. 그러니까 서식지를 잃은 진짜 북극곰이 아니라 영하의 날씨를 만끽하는 '인간 북극곰'의 수영대회, 또는 장기자랑. 매해 인간 북극곰 오천여명이 바다에 입수한다고 했다. 허탈하면서도 다행스럽다. 인간에게 철저히 길들여진 북극곰을 봤다면 엄마를 기다리는 일이 더욱 힘들었을 것 같으니까.

치킨홍이 주유소로 차를 몰아 기름을 가득 넣었다. 우리는 동글동글한 자일리톨 껌을 하나씩 먹었다. 단맛과 민트 향이 어우러져 입안이 시원하다. 덕분에 머릿속도 좀 맑아졌다. 고속터미널과 공설운동장을 지나자 바로 톨게이트가 나왔다. 고속도로는 한산했다. 승용차들이 나타났다 멀어지고, 그러다 우리 차 혼자 고속도로를 달리기도 했다. 여기저기로 떠돈 기억밖에 없는 고향을 벗어난다고 생각하자 후련하면서도 불안하다. 대도시에서 돈을 벌려고, 아니면 뒤늦게나마 꿈을 찾아 고향을 떠날 때 엄마의 기분도 이랬을까. 나는 엄마에게 문자를 보내는 대신 휴대전화의 앨범에 저장해둔 홍시 사진을 봤다. 나에게는 홍시가 엄마의 얼굴이고, 목소리이고, 웃음이니까.

"차들이 여기 다 모여 있었네. 하여간 시도 때도 없이 놀러 다녀. 애나 어른이나 다들 이렇게 밖으로만 나도니까 장사가 안 되지."

일단 휴게소에 들러 간단히 요기를 하기로 했는데 이렇게 북적거릴 줄은 몰랐다.

"이게 다 놀러 가는 사람들일까요?"

"요즘 단풍놀이 철이잖아. 옛날에는 틈만 나면 바리바리 싸들고 놀러 다니는 사람들을 흉봤는데 이 나이가 되고 보니까 먹고 구경하는 게 남는 거다 싶어. 아, 여기 있다."

치킨홍이 주차할 곳을 겨우 찾았다. 먹을거리는 내가 산다고 했다. 치킨홍이 손사래를 쳤지만 내가 앞장서서 던킨도너츠로 들어갔다. 안이나 밖이나 시끌시끌하다. 치킨홍은 아메리카노, 나는 까페라떼, 양보는 옐로핫초코, 첸은 토끼 모양의 초콜릿이 꽂혀 있는 빵을 골랐다. 때마침 등산복 차림의 아주머니들이 자리에서 일어나 그 자리를 차지할 수 있었다.

"놀러 가니까 좋아?"

치킨홍이 묻자 양보와 첸이 동시에 고개를 끄덕인다.
고속도로에서 자전거를 타면 끝내주겠다면서 양보가 엄
지손가락을 치켜세운다.

"너 그런 짓 하면 경찰한테 잡혀가."

양보는 충분히 그런 행동을 할 수 있다는 염려가 치킨
홍의 눈빛에 어려 있다.

"내가 바보여? 고속도로에서 자전거를 타게."

양보가 비실비실 웃으면서 손가락을 만지작거린다. 나
의 시선은 줄곧 첸에게 머물러 있었다. 첸을 보고 있으면
이상하게 가슴 한편이 아려오고, 무엇을 잘 먹는지 유심
히 살펴졌다. 집에 불행이 덮쳐도 역시 어린애인지라 놀
러 간다니까 잠을 설치더라고 치킨홍이 말했지만 어째 내
눈에는 짙은 그늘만 보였다. 아 참, 그게 있었지. 나는 무
릎 위에 올려둔 가방을 열어 동화책을 꺼냈다.

"첸이야, 이거 줄게"

고맙게도 첸의 눈이 반짝거린다. 그때 우리가 주문한

음료가 나왔고, 양보가 냉큼 일어섰다.

"첸이가 제일 좋아하는 동화책이네. 첸이만 줄 거야? 내 선물은 없어?"

치킨홍이 나한테 손을 내밀면서 장난을 친다.

우리는 아메리카노와 까페라떼와 옐로핫초코를 달게 마셨다. 첸은 토끼 모양의 초콜릿을 집어 조금씩 깨물어 먹으며 동화책을 뒤적거렸다. 치킨이든 초콜릿이든 조금 씩 천천히 먹는 게 첸이의 식습관 같았다. 첸은 동화책을 처음부터 보지 않고 뒷부분을 펼쳤다. 아마도 자기가 좋아하는 장면인가보았다. 첸이 펼친 페이지에는 커다란 망 고나무가 열매를 주렁주렁 매달고 서 있었다. 노란색을 주로 사용한 그림이라 책이 불을 켜놓은 듯 환했다. 파랑 새도 날아들었다. 망고나무 아래 새겨놓은 베트남어가 마 치 낙엽을 쌓은 것처럼 보였다. 치킨홍이 그 낙엽을 가리 키며 무슨 뜻이냐고 묻는다.

"집과 쌀은 엄마가 보고 싶어서 울었어요. 눈물이 땅에 떨어졌어요. 아침에 일어나보니까 그 자리에 망고나무가

서 있었어요. 망고나무는 쑥쑥 자랐어요. 구름까지 닿을
정도로요."

"집과 쌀의 눈물이 망고나무가 됐다고? 너무나 아름다
운 상상력이다. 앞으로 망고를 보면 남매의 눈물이 생각
나겠어."

치킨홍이 동화책의 망고나무와 파랑새, 그리고 망고를
쓰다듬듯 만진다. 이번에는 내가 파랑새 옆에 적혀 있는
베트남어를 해석해달라고 했다.

"파랑새한테 물어보는 거예요. 우리 엄마 어디 있는지
아느냐고요."

"파랑새가 모른다고 하지?"

양보가 끼어들었다.

"독수리는 알아요."

첸이 대답하면서 페이지를 넘긴다. 큼지막한 독수리가
망고나무에 앉아 남매를 내려다보고 있는 그림이다.

"이제 알겠다. 집과 쌀이 독수리를 타고 날아가는구나.
엄마를 찾아서."

치킨홍이 페이지를 넘기자 남매가 환한 얼굴로 독수리를 타고 날아가는 그림이 나왔다. 치킨홍이 짝짝짝 박수를 친다. 첸이 그림을 가만히 쳐다보고만 있다.

"첸이야, 이거 베트남어로 읽어봐."

치킨홍이 동화책의 마지막 문장을 가리킨다.

"베이 저 띠 꼬 냐, 꼬 가오, 꼬 매 조이. 이제는 집이 있어요, 쌀이 있어요, 엄마가 있어요."

우리는 던킨도너츠에서 나왔다. 차도 마시고, 빵도 먹고, 해피엔딩으로 끝나는 동화책도 읽었으니 이제 바닷가에서 재미나게 놀자며 치킨홍이 분위기를 띄운다. 양보와 치킨홍은 화장실로 가고, 첸과 나는 주차장을 향해 걸었다. 첸에게 들려주고 싶은 말이 있어서 먼저 발걸음을 옮긴 참이다. 첸이는 『엄마를 찾아서』를 품에 꼭 안고 있었다.

"첸아, 한국에도 『엄마를 찾아서』랑 비슷한 동화가 있어."

그게 뭐냐는 듯 첸이 나를 쳐다본다.

"『해와 달이 된 오누이』 읽어봤어?"

첸이 머리를 옆으로 흔든다.

"그 동화에도 집과 쌀 같은 아이들이 등장해. 떡을 팔러 나간 엄마를 기다리는 이야기인데 나쁜 호랑이가 괴롭혀. 집과 쌀은 엄마를 잃어버렸지만 도와주는 사람이 있었지?"

"호랑이 부인이 지켜줬어요."

"그래, 그림을 보니까 그런 것 같더라. 독수리가 엄마를 찾아주기도 하잖아."

"누나가 말한 동화는 안 그래요?"

"응, 아무도 걔들을 도와주지 않아. 엄마한테 데려다주는 독수리도 없고. 집과 쌀은 망고나무에서 망고를 따 먹지만, 오누이는 엄마가 올 때까지 굶어. 호랑이가 잡아먹으려고 할 때마다 꾀를 써서 물리쳐. 용감한 아이들이지? 오누이는 나중에 해와 달이 돼. 낮에도 밤에도 우리에게 빛을 뿌려주는 해와 달."

첸이 내 말을 알아들었는지 어쨌는지 고개를 숙인 채 서너 발짝 앞서 걸었다. 말소리, 웃음소리, 노랫소리, 새소리, 바람 소리, 차들이 움직이는 소리로 가득한 휴게소를 걸어가는 내 두 다리가 뻐근하다. 원래 치킨 배달용으로 구입했다는 치킨홍의 샛노란 승용차가 한눈에 들어온다. 독수리의 입에 물려 있던 망고가 점점 커져서 뚝 떨어진 듯하다. 첸이가 망고 같은 승용차에 등을 기대고 섰다. 무슨 귀한 물건을 다루듯 동화책을 손바닥 위에 올려놓고는 디 띰 매, 디 띰 매, 하며 입술을 들썩거린다. 첸이에게 배웠다. '씬짜오'는 '안녕하세요', '디 띰 매'는 '엄마를 찾아서'.

계획대로라면 나는 내일 이 시간쯤 부산으로 향하는 시외버스에 몸을 실었을 것이다. 여기서 목적지까지 네시간 소요. 시외버스가 마법의 양탄자처럼 나를 태우고 낯선 땅을 달리면 내 눈과 귀는 불안하게 열렸다 닫히고 심장은 쿵쾅대겠지. 마치 임상실험을 하는 것처럼 그런 생소한 감정을 내 안에 이식시켜 어떤 변화가 일어나는지 살피는 게 목적이었으므로 축제에 갈까 말까 망설여지지는 않았다. 하지만 결국 나의 모험 계획은 불발이 되고 말았다. 이번 북극곰 축제는 내 몫의 모험이 아니었던 거다. 인간이 백년을 산다고 가정할 때, 우리는 어느 시기마다 형

태나 깊이가 다른 모험을 겪지 않을 수 없다는 생각이 든
다. 삼신할머니가 아기를 점지해주듯 그 모험도 어떤 특
별한 존재가 각자의 손에 쥐여주지 않을까. 내가 십 대의
끝머리에서 맞닥뜨린 모험은 엄마의 빈자리를 온몸으로
느끼며 감당하는 것이다. 이 모험이 실패로 끝날지, 아니
면 성공으로 매듭지어질지 나는 짐작도 못하겠다. 이십
대로 진입하면 색다른 모험이 또 나를 기다리고 있으리라
는 예감만은 어렴풋이 느껴지지만.

　치킨홍과 양보가 팔짱을 끼고서 병아리처럼 종종종 걸
어온다. 이 도시 저 도시를 떠돌다 그래도 고향이 만만해
서 정착하려다 얼떨결에 떠맡은, 이제는 물릴 수도 없는
양보가 치킨홍의 몸에 스며든 기름때 같다는 생각이 든
다. 날마다 생닭을 통닭으로 만드느라 옷에 튀어 배기는
기름때. 지워지지도 않고, 그렇다고 튀기지 않을 수도 없
는 짠한 얼룩. 우리 엄마의 말에 따르면 여자 혼자 아이를
키우는 게 만만치 않다고 했으니 치킨홍도 어느날 홀연히
사라질지도 모른다. 노릇노릇 바삭바삭 튀긴 치킨을 양보

의 품에 가득 안겨주고서. 차곡차곡 쌓아둔 쌀을 고스란히 빼앗기는, 상실감과 박탈감에 찌든 분신 같은 동네 장미동 때문에 치킨홍은 차마 떠나지 못하려나. 치킨홍이 사진을 찍어준다면서 휴대전화를 이리저리 움직인다. "첸이랑 가까이 서봐!" 왠지 간절함이 느껴져 시키는 대로 했다. 동화책만 읽고 있는 첸의 어깨에 손을 얹는다. 살보다 뼈가 먼저 만져진다. 적어도 왜소한 어깨에 살이 붙을 때까지 엄마가 돌아와야 한다. 나도 주머니에서 휴대전화를 꺼냈다. 이제는 내가 찍을 차례다. "양보랑 가까이 서봐요!" 휴대전화 카메라의 프레임 안에 성이 다른 남매가 들어앉는다. 치킨홍이 팔로 양보의 목을 휘감으며 장난스럽게 입을 벌린다. 나는 엄지손가락과 집게손가락을 프레임에 대고 움직인다. 순식간에 커진 치킨홍의 얼굴이 내게 바싹 다가선다. 어쩌면 오늘 해수욕장에 가서 휴학생이 아닌 자퇴생의 사연을 치킨홍에게 들려줄지도 모르겠다.

당선이 되자, 모든 게 궁금해지기 시작했다

윤성희

이런 엄마가 있다. 집을 구할 돈이 없다며 딸을 남의 집에 맡긴다. 그러면서 당당하다. 자신에게 갚을 빚이 있는 집이니 거기서 숙박비를 까는 거라고, 그러니 하숙한다고 생각하라고. 이런 부모가 있다. 빚쟁이에게 시달리니 당분간 흩어져 살자고 자식들에게 통보를 한다. 화를 내는 자식들에게 더 큰소리를 친다. 그동안 이만큼 먹여주고 재워줬으면 된 거 아니냐고. 이런 모녀가 있다. 남편이자 아버지였던 이가 죽자 정신줄을 놓는다. 그러자 마당에 있는 나무들도 죽어가고, 꽃도 피지 않고, 으스스한 흉가가 되어간다. (이 글은 이 책의 뒷부분에 실릴 것이니) 독자들은 이 가족들을 이미 알고 있을 것이다. 인터뷰 첫 문단에 이 가족들을 다시 불러온 이유는 이렇다. 나는 이 소설을 세번 읽었다. 그때마다 궁금한 것들이 이렇게 바뀌었다. 처음 읽었을 때. 도대체 엄마는 어디로 간 것일까? 왜 연락을 끊은 것일까? 두번째 읽었을 때. 또와 아저씨는 자신도 파산할 지경으로 힘들었는데 왜 남의 집 자식을 맡은 것일까? 그리고 왜 이 어른들은 자식들에게 미안하다고 말하지 않는 것일까? 세번째 읽었을 때. 왜 주인공은 이런 가족을 한번도 모자라 세번이나 겪어야 하는가? (이 질문은 독자로서 궁금한 게 아니라 작가로서 궁금한 것이다. 그러니까 저 질문들은 소설을 쓸 때마다 계속 계속 작가를 괴롭혔을 것이고 그때마다 작가는 그 대답을 계속 찾아야 했을 테니까.)

그래서 나는 작가를 만나자 이렇게 물었다. 엄마는 어디로 간 걸까요? 작가는 조금 머뭇거리더니 (마치 비밀을 말해주지 않으려는 듯이) 처음부터 엄마의 현재에 대해서는 생각하지 않았다고 말했다. 그건 사실일 리 없었다. 저런 대답이라면 나도 잘 안다. 나도 누군가 내 소설에 대해 물으면 별 뜻이 없어요,라고 대답하길 즐겨 했다. 이 소설에서 엄마는 (현재의) 시간 밖에 있으면서 (현재의) 시간 안을 유령처럼 떠도는 인물이기도 하다. 그렇지 않다면 왜 홍시 이야기가 거듭 나오겠는가. 나는 또 물었다. 소설 밖에서 엄마는 어떻게 살고 있는지 제발 말해달라고. 그러자 마침내 작가가 말했다. "엄마는 꿈을 찾아갔다고 생각해요." (그때 작가의 표정은 약간 환해졌다. 엄마가 어딘가에서 잘 살기를 바라는 얼굴이었다.) 그리고 이런 말을 덧붙였다. "제가 말하고 싶은 것은 부모 역할의 파산선고였어요. 엄마도 그렇고 또와 아저씨네 집도 그렇고. 부모들이 자식들에게 파산선고를 하게 해주고 싶었어요." 파산이라! 그제야 나는 어른들이 자식들에게 미안하다고 말하지 않은 이유를 알 수 있었다. 엄마는 딸에게 이렇게 말했다. "여기는 일자리가 없다"라고. "대도시로 가서 돈을 벌어올" 때까지 기다리라고. 또와 아저씨는 "또와아 귀찜, 또와막창구이, 또와해장국, 또와김밥" 등등을 차렸다가 다 망했다. 그런데 여기서 중요한 점은 또와 아저씨가 제지회사에 다니던 직장인이었다는 것이다. 자의가 아닌 타의에 의한 퇴직이었다. 또, 대문 없는 집에 사는 자매의 아버지도 공장이 문을 닫는 바람에 실직자가 된다. 일자리를 찾아다니며 안간힘을 쓰다 심장마비로 죽는다. 이 가족들은 자식들에게 파산선고를 하기 이전에 파산된 도시에 살고 있었다. 그러니까 이 소설은 성장에 대한 이야기가 아니라 공간에 대한 이야기였던 것이다. 소설 속 주인공인 아란은 이 문제에 대해 이렇게 말한다. "인간은 자기가 살고 있는 집을 닮아가기 마련"이라고. 나는 김설원 작가와 인터뷰를 하기 전에는 이 문장이 눈에 들어오지 않았다. 그러다 인터뷰를 마치고 다시 소설을 읽자 이 문장이 가슴에 쏙 박혔다. 이 문장으로 소설을 다시 바라보자 작가가 어떤 마음으로 저 질문들을 통과했는지 알 것 같았다. 주인공이 거쳐간 공간들. 낡고 비좁은 임대아파트. 치매를 앓는 할아버지가 지내던 문간방. 한 집안의 가장이 죽었던 방. 이 공간의 이동이 이 소설에서 작가가 말하고 싶었던 것이다. 주인공인 아란은 자기가 살고 있는 방을 닮지 않으려고 발버둥친다.

(소설가인 내가 이런 말을 하는 게 웃기지만) 심사를 할 때마다 드는 생각들이 있다. 쌓여 있는 투고작들을 보면 어쩌자고 이런 시대에 소설을 쓰는 것일까, 하고 자문하게 되는 것이다. 소설보다 재미있는 게 이렇게나 많은데. 그런데 다들 왜 소설을 쓰는 것일까. 소설은 경제적이지가 않다. 우선 시간이 아주 많이 들어간다. 쓰다 실패할 확률이 성공할 확률보다 100배는 더 높다. 사람들이 별로 알아주지도 않는데다 가족까지 알아주지 않아서 거의 백수 취급을 받는다. 게다가 결정적으로 돈도 별로 못 번다. 그런데도 왜 이 많은 사람들은 작가가 되려 하는 것일까. 집으로 심사 원고 박스가 배달되면 나는 며칠 동안 그걸 열지 않고 가만히 본다. 그 앞을 지나갈 때마다 두가지 감정

이 교차한다. 투고자들이 소설에 청춘을 다 바치지 않기를. 또 투고작들에 좋은 작품이 아주아주 많기를. (이 변덕스러운 마음은 또 무엇인지, 나도 잘 모르겠다.) 암튼, 김설원 작가는 내가 심사할 때마다 들었던 이 마음을 고스란히 품고 있는 사람이다. 우선 그는 소설에 청춘을 다 바쳤다. 이건 의례적인 말이 아니다. 말 그대로다. 그는 서른 살에 숭의여대 문예창작과에 입학을 했다. 그리고 태어나서 처음 써본 소설로 계명문학상을 받았다. 그게 시작이었다. 그리고 곧이어 매일신문 신춘문예에 단편소설이 당선되었다. 그게 2002년이었다. 시작은 좋았는데 그후 청탁은 오지 않았다. "김원우 선생님께서 두 소설 모두 심사를 해주셨어요. 선생님께서는 제게 공부를 하라고 하셨죠. 아직 제 소설은 멀었다며. 작가들과 어울려 놀 생각 하지 말고 공부를 해야 한다고요." 그래서 그때부터 작가는 공부를 하기 시작했다. 최소한의 경제생활만 하면서. 소설을 쓰고 또 쓰고 또 썼다. 매일 이십매씩. "그때 근육이 많이 생겼어요." 작가는 말한다. 그 시기를 어떻게 견뎠어요?라고 물으려는데 먼저 그렇게 대답해준 것이다. 근육을 만들었던 시기. 그건 견디는 시기가 아니라 온몸으로 통과를 한 시기였다. 그러다 2009년에 『여성동아』 장편소설 공모에 당선된다. 드디어! 첫 책인 것이다.

첫 책의 기쁨은 그다지 오래가지 않았다. "그후로 독서실에서 칠년 이상을 보냈어요. 공모전에 투고를 하면서요." 그사이 삼십 대인 나이는 사십 대가 되었다. 포기하고 싶을 때마다 삼십 대에 쌓아둔 근력이 그를 버티게 했다. 그래도 지치고 지칠 때도 있었다. 왜 없겠는가. 그런데 그런 순간마다 이상하게도 그를 붙잡는 일이 찾아왔다. 그런 일이 세번 정도 있었다고 작가는 말한다.

첫번째 용기는 자서전 대필을 권유받으면서 얻었다. "경제적으로도 정신적으로도 아주 힘든 순간이었어요. 이제 정말 끝이다 하는 기분요. 그때 아는 선생님께서 자서전 대필을 소개해주셨어요. 자신의 어머니였는데요, 어머니의 일생을 책으로 만들어드리고 싶다 해서요." 작가는 경제적인 여유도 없었고 다른 일을 해보고 싶기도 해서 그 일을 받아들였다. 자서전 대필은 한 사람의 일생을 듣고 또 듣는 일이었다. 유명한 사람도 아니었지만 어느 노모의 일생을 듣다보니 마음이 풀렸다. 어떤 날은 같이 잠을 자기도 했다. 같이 누워 두런두런 이야기를 나누었다. 노모는 마치 한풀이를 하듯 자신의 삶을 풀어놓았고 그는 그 이야기 속에서 위안을 받았다. 그리고 이야기에 대한 열정이 다시 살아났다. 그 일을 끝내고 작가는 바로 장편을 쓰기 시작했다. 『나의 요리사 마은숙』이란 장편이 그것이었다. 틈틈이 썼던 단편들도 모아 소설집을 냈고, 그래서 세권의 책을 출간하게 되었지만 여전히 미래는 불확실했다.

이제 정말 그만두어야 하나 고민하고 있을 때 두번째 계기가 찾아온다. (이 일에는 내가 약간 개입이 된다.) "이번이 마지막이다, 정말 그렇게 생각하고 공모전에 냈는데 거기에 심사평이 실린 거예요. 유일하게 딱 한 심사위원만 제 소설을 거론해주었어요. 어쩌면 이 소설은 마지막에서 다시 시작했어야 했을지도 모른다. 그런 내용의 글이었어요. 그 말이 이상하게 제 마음을 건드렸어요. 이야기의 끝에서 이야기를 다시 시작했어야 한다는 말요."(작가의 말에 의하면 저 심사평을 쓴 사람이 나라는 거다. 소설을 포기하려는 순간 저 한마디 때문에 다시 쓰게 되었으니 이 인터뷰도 해야 한다며.) 나는 언제 저런 말을 한 걸까. 예전에 쓴 심사평들을 뒤져보니 있긴 있었다. 작가의 말과는 약간 다르긴 하지만. 어쨌든 이야기를 다시 시작해야 한다는 말이 있긴 있었다. 이 일을 내 식으로 다시 재구성하면 이렇다. 어쩌면 작가는 포기하고 싶지 않은 순간을 찾고 있었을 것이다. 소설이란 혼자 쓰는 일이고 (혼자 하는 다른 많은 장르들이 그렇듯이) 길을 잃기 쉽다. 그래서 작가마다 길을 잃지 않는 자기만의 방도를 가지고 있어야 한다. 아마 김설원 작가도 자신만의 방도가 있을 것이다. 하루에 이십매씩 쓰던 습작 시절을 견딘 작가이니까. 그러니 저 말에 위로를 받은 게 아니라 위로를 받을 핑계를 그즈음 찾고 있었을 것이다. 길을 잃지는 않았지만 그래도 그 길을 갈 용기가 점점 사라지고 있었으니 용기를 줄 말들이 필요했을 것이다. 그때 내 말은 우연히 거기 가닿은 것이리라.

　세번째 계기는 고향인 군산에 가던 길에서 만났다. 버스에서 작가는 우연히 대학 스승을 만났다고 한다. 오래간만이었다. "이런저런 이야기를 하다 선생님께서 말씀하셨어요. 올해 나는 좋은 시를 쓸 거야." 그때 그 표정이 작가의 마음을 건드렸다. "그때 선생님의 표정은 신인의 표정이었어요. 어느 낯선 세계에 첫발을 딛는 순간 지을 수 있는 그런 표정. 설렘이 가득한 표정요." 창밖에는 비가 내리고 있었다고 한다. 비를 뚫고 군산으로 가는 버스. 그 버스 안에서 작가는 열정을 잃어가는 자기 자신을 보았다고 한다. 지친 표정을 하고 있는 자신을. 이 일을 또 내 식으로 다시 재구성하면 이렇다. 아마 스승은 행복한 표정이었을 것이다. 오래간만에 제자를 보았으니. 그게 꼭 신인의 표정은 아니었을 수도 있다. 아니면 원래 늘 그렇게 해맑은 표정을 지으시는 분일 수도 있다. 뭐, 그때 그 스승의 표정이 중요한 게 아니라고 나는 생각한다. 작가는 스승의 얼굴에서 그런 표정을 찾고 싶었던 것이다. 그건 작가가 자신에게 간절히 원한 표정이었을 것이다.

어쨌든 그런 일들을 겪으면서 작가는 계속 소설을 썼다. 그리고 이 소설을 완성했다. 당선되고 난 뒤 작가는 수상 소감에 이런 글을 남겼다.

"혼자만의 놀이처럼 꾸준히 소설을 쓰면서 기쁨보다는, 괜히 시작했다는 후회와 그래도 차마 놓지 못하겠다는 미련 사이에서 쓸쓸했는데 한가지는 확실히 얻었다. 그것은 세상을 바라보는 눈이 아직 어설프고 인간에 대한 이해가 부족하다는, 그 때문에 내 소설의 인물들을 돌로 만들었다는 자기반성이다."

이 말을 하기까지 19년이 걸렸다.

작가의 고향은 군산이다. 이 소설을 읽은 독자들은 짐작했겠지만 이 소설의 배경도 군산이다. 군산이라는 명칭은 등장하지 않지만 군산이라고 짐작되는 정보들은 소설 곳곳에 보석처럼 박혀 있다. 주인공이 아르바이트를 하는

고고치킨의 주인 치킨홍은 자기가 태어난 동네 장미동을
이렇게 말한다. 장미가 많이 피는 동네가 아니라고. 쌀을
저장해두었다가 일본으로 반출했던 동네라 장미동이라
고. "이 지역에 '미' 자가 붙은 동네가 많아. 쌀에 한이 맺
혀서 그래"라고 치킨홍은 말한다. 치킨홍은 쌀을 빼앗긴
그 역사, 그 박탈감이 꼭 자기 자신 같다고 말한다. 그래서
타지를 떠돌다가 고향으로 돌아올 수밖에 없었다고. 주인
공은 어렸을 때 자기가 살던 동네에 철길이 있었다고 말
한다. 그 철길을 건너 중학교를 다녔는데 언젠가 기차가
멈추었다고. 그때부터 엄마는 자주 말한다. "철길이 죽었
어야? 기차는 어디로 가지?"라고. 기차가 멈춘 일을 주인
공은 이렇게 해석한다. "어쩌면 엄마는 그때부터 자기만
의 새로운 철길을 찾아 남몰래 헤맸을지도 모른다." 땅과
그 땅 위에 사는 사람들은 모두 연결되어 있다. 하나가 죽
으면 다른 하나도 죽거나 시든다. 앞에 거론한 문장은 다
시 생각해보자면 인간은 자기가 태어난 땅을 닮아간다는
것이다. "공장이 문을 닫고. 유령도시처럼 변해가는 고향.

이 소설에서 그 고향을 다시 불러오고 싶었어요." 작가는
말했다. 그런 의미로 치킨홍의 존재는 이 소설에서 중요
하다. 그는 스스로 고향으로 돌아온 자이다.

이 소설의 주인공은 아란이지만 작가가 자신의 분신처
럼 여기는 인물은 치킨홍일 것이다. 그걸 묻자 작가가 맞
다고 대답해주었다. "치킨홍이란 인물에 가장 몰입을 했
어요." 고고치킨은 작가의 고향 어딘가에 존재하는 가게
인 것처럼 느껴졌다. "실제로 제가 치킨가게에서 일을 한
적이 있기도 해요. 치킨홍이란 인물을 상상할 때 자연스
럽게 치킨가게가 떠오른 것도 그 경험 때문이에요." 치킨
홍은 이 소설에서 가장 생동감 있는 인물이기도 했는데
그것은 단지 작가가 그와 비슷한 직업을 경험해보았기 때
문만은 아닐 것이다. 내 경우를 봤을 때 인물의 생동감은
작가가 그 인물을 사랑할 때 생긴다. 사랑하면 이해하고
싶고, 이해하려고 노력하면 상상을 해야 하고, 상상을 하
면 할수록 생동감이 생기는 법이니까. 그러니까 내가 치
킨홍에게 생동감을 느꼈다는 말은 이 소설에서 가장 많은

상상력이 부여된 인물이라는 느낌을 받았다는 말일 것이다. 치킨홍은 외삼촌이 베트남 출신인 아내를 얻어 낳은 자식인 첸을 돌보고 있다. 게다가 지적장애가 있는 배다른 동생까지. 부모들이 자식들에게 파산선고를 할 때 치킨홍은 고향으로 돌아와 유사가족을 만든다. 첸이란 사촌 동생이 베트남 동화책을 읽어줄 때 치킨홍은 이렇게 말한다. "쌀 구하러 나간 엄마를 찾아다니는 이야기구나. 떡 팔러 간 엄마를 기다리는 우리 동화랑 비슷하네. 예나 지금이나, 또 국경을 초월해서 어째 엄마들은 하나같이 식량을 구하러 나가면 돌아오질 않냐. 아버지들은 죄다 어디 있나 몰라." 이 이야기는 베트남 동화이다. 그런데 이 동화 속 이야기는 지금 한국으로 와서 현실이 되었다. 나는 이것이 동화인 것이 한없이 슬프다. 지금 이 이야기가 동화라고 여겨야만 주인공이 살아갈 용기를 얻는 것은 아닐까. 이제 파산선고는 동화가 되었다. 작가는 왜 고향을 불러와 파산선고를 하고 싶었을까? 그것은 아마도 '그럼에도 불구하고'의 세계를 그리고 싶었기 때문일 것이다. 그럼에도 불구하고 치킨홍은 나를 데리고 소풍을 떠난다. 그리고 사진을 찍어준다. 나는 이 소설의 마지막 장면에 대해 오래 생각해보았다. 작가가 나였다면 어떻게 끝냈을까. 만약 나였다면 길 가는 누군가에게 부탁을 해서 다 같이 사진을 찍으면서 끝냈을까? 이 소설의 장점은 그렇게 어설픈 유사가족을 만들면서 이야기를 끝내지 않았다는 것이다. 주인공 아란은 첸과 사진을 찍는다. 그리고 주인공은 치킨홍과 치킨홍의 동생인 양보의 사진을 찍어준다. "치킨홍이 팔로 양보의 목을 휘감으며 장난스럽게 입을 벌린다. 나는 엄지손가락과 집게손가락을 프레임에 대고 움직인다. 순식간에 커진 치킨홍의 얼굴이 내게 바싹 다가선다." 주인공은 치킨홍의 얼굴을 본다. 휴대전화의 카메라를 통해. 여기에 이 소설의 모든 비밀이 들어 있다. 그리고 여기에 이 작가의 내공이 숨어 있다. 그건 지난 19년 동안 쌓아온 근력 덕분이리라.

"나이가 들어서인지 장편소설상에 당선되었다고 전화

를 받았을 때 예전 같은 느낌이 들지는 않더라고요. 흥분, 기쁨. 이런 감정은 금방 사라졌어요. 대신 이런 생각이 들었어요. 내 컴퓨터에 잠자고 있는 수많은 원고들. 이제 그 원고들을 어떤 식으로 나오게 할 것인가. 어떤 형식으로 다시 쓰게 할 것인가. 그게 몹시 궁금해지더라고요." 앞으로 무엇을 쓸지 궁금해진다는 말. 인터뷰를 마치고 돌아오면서도 나는 저 말을 오래오래 생각해봤다. 그리고 한편으로 어떤 안심도 들었다. 이제 작가는 한 시기를 통과했구나. 글을 쓰며 견디었던 그 순간은 이제 스토리가 되었구나. (고백을 하자면) 투고된 원고들을 읽으면서 '이 많은 사람들이 소설에 청춘을 바치지 않길' 바라던 내 마음은 사실이 아니다. 내가 해보니 소설은 그럴 만한 가치가 있다. 또 그럴 만한 재미도 있다. 내가 소설을 쓰는 게 아니라 소설이 나를 쓰는 경우가 더 많다. 그러니 소설에 청춘을 전부 바치지 않길 바란다는 내 말은 이런 뜻이었다. 청춘인 내가 소설을 쓰지만 반대로 소설이 청춘인 나라는 인간을 써주기도 해야 한다고. 그래야만 앞으로 쓸

원고들이 몹시 궁금해지게 되는 것이라고. 그런 의미로 소설은 김설원 작가의 청춘을 써주었다.

마지막으로 최근에 밑줄을 그은 책의 한 구절을 작가에게 들려주고 싶다. 이 말은 내가 김설원 작가에게 해주고 싶은 말이기도 하지만, 김설원 작가가 내게도 해주었으면 하는 말이기도 하다.

"위대한 소설은 아마도 우연의 산물이겠지만 좋은 소설은 가능성의 영역에 속해 있고, 작가는 글을 쓰며 그 가능성을 생각한다. 간단히 말해, 좋은 소설은 이룰 수 있는 목표다. 나머지는 책이 알아서 한다."

— 제임스 설터 『쓰지 않으면 사라지는 것들』(최민우 옮김, 마음산책 2020)

尹成姫 | 소설가

김설원의 『내게는 홍시뿐이야』는 '엄마를 찾아서'라는 낯익은 모티프를 바탕에 깔면서도 이를 예기치 않은 방향으로 전개시킨다. 고등학생인 '나'의 엄마는 임대아파트에서 나와야 할 형편이 되자 돈을 빌려주었던 지인의 집에 '나'를 맡기는데, 이 집도 망하게 되면서 이제 '나'는 온전히 혼자 힘으로 세상에서 버텨가야 한다. 이 과정에서 보이는 엄마의 모습은 시종일관 너무 당당하며 연락을 끊어버리는 데서도 일말의 여지를 두지 않는다. 엄마마저 부재한 상황에서 화자가 스스로의 자원을 동원하여 삶을 도모하는 가운데 우리 시대 가난한 약자들과 관계 맺고

'대안가족'까지 형성하는 곡진한 과정과 거기서 드러나는 화자 특유의 감성적 통찰이 이 작품의 주된 매력이다. 더없이 각박한 시절, 어려운 사람들의 이야기를 실감나게 들려주되, 당사자의 정동을 부각하는 이런 색다른 시선이 우리 소설의 지평을 한층 넓혀주리라 기대하며 이 소설을 당선작으로 선정했다. 당선자에게 아낌없는 축하와 격려를 보낸다.

제12회 창비장편소설상 심사위원

강영숙 강지희 김형수 윤성희 한기욱 황정아

　올봄, 나는 꽃을 많이 찍었다. 생김새가 비슷비슷해 보이는 나무들이 해마다 가지각색의 꽃을 피우면 그저 바라볼 뿐이었는데 올해는 '만능기기'를 꺼내 촬영 버튼을 누르기 바빴다. 나도 모르게 그렇게 되는 습관적인 행동이었다. 아파트 놀이터에서, 버스정류장에서, 올림픽공원에서, 경희궁에서, 대학도서관 뜰에서, 융건릉에서…… 나는 손을 부지런히 움직여 휴대전화 속 카메라 안에 꽃들을 담았다. 명자나무꽃, 둥굴레, 꽃잔디, 하늘매발톱, 금낭화, 조팝나무꽃, 씀바귀, 복사꽃…… 꽃 검색 앱을 통해 그 이름들을 머릿속에 새기는 즐거움도 누렸다. 꽃에 남다른 애정을 갖고 있는 외삼촌에게 "올해는 유별나게 꽃이 좋아. 나도 늙나봐"라고 말했더니 "늙는 게 아니라 뒤늦은 발견이야"라는 답장이 날아왔고, 나는 그 '뒤늦은 발견'을 오래 곱씹었다.

그러다 문득 이런 생각이 떠올랐다. 나도 모르게 그 자리에 머물면서 눈여겨보는 꽃들은 어느 순간 돌이 되어버린 내 소설의 등장인물들이 아닐까. 어떤 상황과 공간에 걸맞게 재고 따져 만들어낸 인물들이 오래 침묵하다가, 그 기다림에 지쳐 돌이 되고, 마침내 꽃으로 환생한 것이다. 생각이 거기에 미치자 가슴 한구석이 서늘해졌다.

그들을 위해 최선을 다하지 못했다는 자책까지 더해져 그 '딱한 환생'에 집착했는지도 모르겠다. 봄이 무르익을수록 "나야, 나" "나도 여기 있어!"라고 말하듯 사방에서 꽃들은 흐드러지게 피었고, 크게 빚을 졌으나 갚을 길이 없는 심정으로 아침을 맞이하다가 수상 소식을 들었다.

혼자만의 놀이처럼 꾸준히 소설을 쓰면서 기쁨보다는, 괜히 시작했다는 후회와 그래도 차마 놓지 못하겠다는 미련 사이에서 쓸쓸했는데 한가지는 확실히 얻었다. 그것은 세상을 바라보는 눈이 아직 어설프고 인간에 대한 이해가 부족하다는, 그 때문에 내 소설의 인물들을 돌로 만들었다는 자기반성이다. 상투적인 표현이지만 내가 뒤늦게 꽃을 피웠다. 대번 온몸에 생기가 감돈다. 하지만 들뜬 마음도 잠시, 그 꽃에 은은한 향기라도 풍기게 하려면 내 소설의 집을 어떻게 지어야 할지 고민이 앞선다. 내가 여기까지 오는 동안 햇살과 공기와 바람이 되어준 그들이 눈앞에서 계속 살랑댄다. 어둠이 짙게 내려앉은 내 작은 방에 불빛을 비춰준 심사위원들께 깊이 감사드린다.

2020년 3월

김설원

내게는 홍시뿐이야

초판 1쇄 발행 • 2020년 3월 20일

지은이 / 김설원
펴낸이 / 강일우
책임편집 / 박지영 홍진
조판 / 한향림
펴낸곳 / (주)창비
등록 / 1986년 8월 5일 제85호
주소 / 10881 경기도 파주시 회동길 184
전화 / 031-955-3333
팩시밀리 / 영업 031-955-3399 · 편집 031-955-3400
홈페이지 / www.changbi.com
전자우편 / lit@changbi.com

ⓒ 김설원 2020
ISBN 978-89-364-3440-3 03810